杉岡歩美
Sugioka Ayumi

中島敦と〈南洋〉

同時代〈南洋〉表象とテクスト生成過程から

翰林書房

中島敦と〈南洋〉——同時代〈南洋〉表象とテクスト生成過程から——◎目次

凡例

第二部　中島敦の〈南洋もの〉

【凡例】

一、中島敦の作品・日記・書簡、および、中島敦への来簡の本文引用は、『中島敦全集』全三巻・別巻一（平成十三年十月十日〜平成十四年五月二十日、筑摩書房）を底本とした。原則として旧漢字は新漢字に直し、ルビを簡略化した。

一、引用文中の傍線部は特記のない限り、論者によるものである。引用に際して、原文の誤記が見られる場合は「ママ」と記した。但し、引用文中の傍点は特記のない限り、原文のままである。また、中島敦の文章に「土人」など、現代の判断基準では差別用語とされる単語が存在する。しかし、当時の資料的価値を重視し、本書ではそのまま用いることにした。

一、引用した中島敦原稿および画像は、『ＤＶＤ－ＲＯＭ版　中島敦文庫直筆資料　画像データベース』（平成二十一年六月十三日、神奈川近代文学館）を使用した。

一、論文・雑誌記事・新聞記事・雑誌名・新聞名・作品名などはすべて「　」で統一し、書名は『　』で示した。

一、引用注は文中の（　）内にアラビア数字で示し、各章ごとに章の最後にまとめて記載した。

一、図版資料を用いる場合は、文中に【図1】のように示した。

一、敬称は省略した。

序章

1　日本統治下の南洋群島

〈南洋〉は我々にどのようなイメージを喚起するだろうか。

「楽園」「天国」「ユートピア」――日々の喧噪を忘れさせてくれる、豊穣な海の姿が浮かぶかもしれない。少なくとも日本から離れた場所、と考える人が多いだろう。

しかし、ほんの七十年ほど前まで、〈南洋〉は〈日本〉の一部でもあった。日本の旧委任統治領・南洋群島である。一九一四年にミクロネシアを占領した日本は、一九二〇年のヴェルサイユ条約締結によって南洋群島を日本のC式委任統治領として所有した。以後、一九四五年の敗戦まで約三十年間に亘って統治することになる（【図1】「南洋群島地図」を参照されたい）。

本書で取り上げる〈南洋〉は、その南洋群島（現在の、ミクロネシア連邦、マーシャル諸島共和国、パラオ共和国、マリアナ諸島（アメリカ合衆国領））である。なかでも、中島敦が〈南洋〉に渡った一九四一年前後を中心に取り扱う。

南洋群島は、いまや〈日本〉からはるかに隔たったところに存在して見える。この懸隔は、戦後一九四七年に国

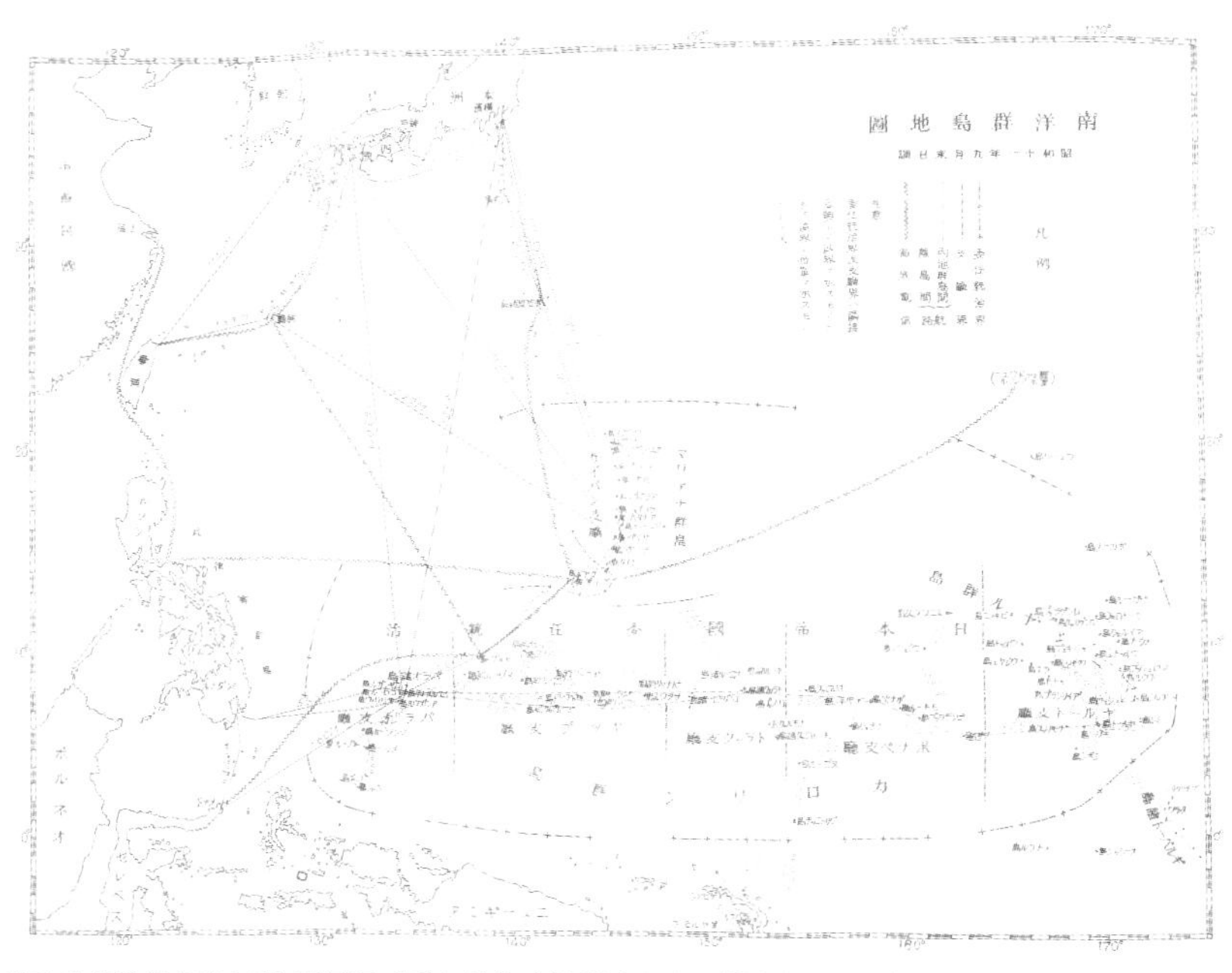

【図1】外務省条約局法規課編『委任統治南洋群島前編（「外地法制誌」第五部）』（昭和37年12月、外務省条約局法規課）

際連合の委託を受けたアメリカが信任統治を行っていた事実が生み出したものだろう。今日、南洋群島はようやく独立を果たしつつあるが、十七世紀初頭にスペインの植民地下に置かれて以来、ドイツ、日本と、他国からの統治を受け続けた土地であった。「帝国」拡大を目指す世界情勢のなか、〈文明〉を名乗る国々が、〈未開〉と見做した国々を〈教化〉すべきだと主張した時代の流れを受けたといえよう。

「国際連盟規約第二二条」には以下の記載がある。

> 今次の戦争の結果従前支配したる国の統治を離れたる殖民地及領土にして近代世界の激甚なる生存競争状態の下に未だ自立し得ざる人民の居住するものに対しては、該人民の福祉及び発達を計るは、文明の神聖なる使命なること、及其の使命遂行の保障

は本規約中に之を包容することの主義を適用す（略）西南阿弗利加及或太平洋諸島の如き地域は、人口の稀薄、面積の狭小、文明の中心より遠きこと又は受任国領土と隣接せること其の他の事情に因り受任国領土の構成部分として其の国法の下に施政を行ふを以て最善とす

「未だ自立し得ざる人民の居住する」土地に、「文明の神聖なる使命」を受け、〈文明化〉するために統治を行う。〈文明〉国の「使命」としての委任統治である。

日本は、〈教化〉〈文明化〉を目的に、南洋群島に赴いており、その手法として「国語教育」は重要視される。たとえば、『南洋群島教育史』（昭和十三年十月）には、「我が南洋群島に於ける教育は、赤道の下、皇国海の生命線を守るべき第二の国民を育成し、又、新附島民を撫育教導して真個の皇民と化する点に於て特異且重大なる意義を蔵し、其の成果は、皇国群島統合の成果と共に永く光を伝ふべきものである。[1]」とある。「海の生命線」としての〈南洋〉を重視していた日本にとって、「島民」を教育し、「皇民と化す」ことはまず行うべき施策であった。

矢内原忠雄『南洋群島の研究』（昭和十年十月）にも次のような文章が見られる。

スペイン時代及び独逸時代に於ける教育は殆んど専ら基督教宣教師の手によりて行はれた。彼等は島民に文字を教へ、聖書讃美歌等を島民語に翻訳したる外、各自の本国語をも教へたが故に、スペイン語、英語、若しくはドイツ語を解する島民が今日も残存して居る。（略）

補習科に於ては約三分の一（十一時間乃至十時間）を国語に当てるのみならず、凡ての学科の教授用語にもすべて日本語を用ひ、助教員たる島民が授業を担当する場合にも島民語を用ひしめない。国語中心の教育の効

果として数へられる点は、(1)各主要島群毎に言語を異にする島民に対して共通語を与ふること、(2)官庁及び日本人の事業若くは家庭に雇傭せられ、又は商人との取引上実益を得ること、(3)日本語を通じて近代文化を吸収する機会を得ること等になるが、かくの如き国語普及政策はひとり南洋群島のみならず、我国の諸植民地に共通せる教育方針であつて、根本に於ては同化主義政策の表現と解しなければならない。[2]

「島民語」を撤廃し、「共通語」である「日本語」を教えることで「近代文化」を学ばせるといった方法で南洋群島での〈教化〉は行われていった。「日本語」の教育が重視されたのは、南洋庁の主導で『南洋群島国語読本』の編纂を第四次まで行っていることからもわかる。第一次『国語読本』編纂に携わった、トラック小学校長・杉田次平は、「南洋群島国語読本編纂趣意」(大正六年〜八年)として、「此ノ島民児童ヲ教育シテ之レヲ国民的ニ同化センﾄスルニハ、能ク本群島ニ適応セル、特殊ナル教科書ノ必要ナルコト言ヲ俟タス。即チ茲ニ先ツ一学年国語読本ヲ編纂スル所以ナリ。(略)之ヲシテ言語文字ノ教授ノミニ止メス、之ガ運用ヲ広ク且ツ大ナラシメントシタルモノナリ。而シテ先ツ国家的観念ヲ与フルコトニ重キヲ置キ、児童ノ直感ヨリ導キテ、我国体ノ尊厳ト我ガ国ノ文化ヲ感知セシメ、信頼向上ノ念ヲ養フコトヲ眼目トシタリ。[3]」と記している。

これらの言説からは、「日本語」教授によって、「国家的観念」を与えようとした様が窺える。〈南洋〉は、〈文明〉国である〈日本〉の地位を揺るがない存在にすることを主眼に、「日本語」教育を中心に統治されていった。

さて、このような「場」であった〈南洋〉と深く関わったのが、作家・中島敦である。

2　中島敦の〈南洋もの〉

中島敦は明治四十二年に生まれ、昭和十七年に三十三歳という若さでこの世を去った。彼の生きたのは、日本が大国化を目指し世界に台頭し、他の国々との争いが頻繁に起こっていた時代であった。日本という国が、他の国をも貪欲に取り込もうとした時代だったのである。

国語教師、そして作家として生きた中島敦は、「文字」そして「日本語」の力を日々強く実感していたに違いない。そんな彼は、他国の人々が「日本語」を学ぶことにどういった感慨を覚えたのか。

中島敦の生涯は短かったが、しかしながら、浅くはなかった。それは中島自身の教養の深さからであり、またその多様な人生経験ゆえでもあった。当時、日本の植民地下に置かれていた朝鮮半島及び中国、そして南洋群島を訪れるという体験は中島に何を与えたのか。特に自ら望んで向かった南洋群島とそこに住む人々との関わりの中で中島が得たものは何か。

中島敦と〈南洋行〉については近年、研究が活発に行われている。その経験が中島敦文学に与えた影響を読み取ろうとする研究は多い。事実、中島の代表的といえる作品が〈南洋行〉前後に成立しており、その影響は看過できないものであろう。しかしながら、それでも、その経験が、如何に中島の文学を豊かにしたのかについての考察は充分ではない。

中島敦は、国語編修書記の仕事に従事した〈南洋〉から昭和十七年三月十七日に帰国後、亡くなるまでの凡そ八ヶ月間に多くの作品を書き上げている。中島の盛んな創作意欲は、〈南洋行〉にその理由の一端を求めることができよう。中島が赴任した昭和十六年当時、〈南洋〉とは一九二〇年のヴェルサイユ条約締結によって日本のC式

"A Cherechar a Lokelii:
PalauThrough the Years"

パラオ国立博物館 50 周年を記念し、"*A Cherechar a Lokelii:*"（パラオの歩んできた年月）というテーマで展示を始めました。西洋接触以前から、貿易船や捕鯨船の訪れた時代、スペイン、ドイツ、日本による植民地統治時代、戦後のアメリカ信託統治時代、そして今日に至るまでのパラオの歴史をたどります。年表は重要と思われることをあらわしている。他に、パラオの自然史に関する展示や台湾による特別展示、パラオのスポーツ競技会に関する展示があります。

The origin of Palau（パラオの起源）

パラオの人の起源についてはっきりしたころはわかっていませんが、インドネシアやフィリピンから来た人々の末裔で、約 3000 年前からここに居住し始めたという説と、パラオの神話に見られるようなパラオを一つの宇宙に見立てた起源説があります。どちらの説を取るにせよ、パラオの人々は何世紀にもわたって外部から比較的隔離された環境で暮らしていました。1521 年にマゼランがミクロネシアに来たころは、ミクロネシアではさまざまな言語が話されていました。パラオ人の体格や髪質、肌の色には統一的な特徴がありませんが、伝説ではパラオの人々は決まって海から生まれたことになっていて、他の島から移動してきたとは言われていません。

Belau National Museum
P.O.Box 666, Koror, Republic of Palau 96940
Phone: (680)488-2841/2265 Fax:(680) 488-3183
Email:bnm@palaunet.com
© BNM 2008

が登場します。スペインがパラオを正式に領有したのは１８８５年から１８９９年のことです。スペイン人の主たる目的はキリスト教（カトリック）を布教することでした。コロールにはカトリック教会がたてられ、それは改築の後今日も残っています。スペイン人の宣教師たちはパラオ語を習得し熱心に布教につとめました。

GERMAN TIME（ドイツ統治時代）

スペインに代わってパラオを統治したのはドイツでした。ドイツ時代の展示ではドイツがパラオ人の生活に及ぼした影響を紹介します。ドイツ統治時代にはキリストの布教とともにコプラやリン鉱石の開発がおこなわれました。またこの時代に記された民族誌や写真からは、当時のパラオにおける伝統的な生活を垣間見ることができます。

JAPAN（日本統治時代）

第一次大戦を契機に日本がパラオを統治するようになりました。この時代パラオは日本が統治する太平洋島嶼地域の行政的中心として南洋庁がおかれ、発展し数多くの日本人がパラオに移住しました。日本統治時代（１９１４年—１９４５年）は３１年間に及び学校教育や産業開発などを通してパラオに強い影響を及ぼしました。展示では当時の行政、産業、教育、芸術、さらにパラオ人高齢者の経験談も交え、この時代を紹介しています。また、今日もパラオに残る日本統治時代の建築物の模型も展示しています。

UNITED STATES

第２次世界大戦の後、アメリカが国際連合の信託統治領として統治していました（１９４５年—１９９４年）。戦後の 1940 年代から 1990 年代前半にかけての写真を中心として展示しています。この時代は現在のパラオを形成する基になっています。
初期のアメリカ統治はパラオの人々にとって新しい経験でした。人々は戦争のトラウマを乗り越え、生活を再建する

【図2】パラオ国立博物館パンフレット（2008）

委任統治領に置かれたミクロネシア三群島（マリアナ、カロリン、マーシャル）を指した。現在発行されているパラオ国立博物館のパンフレットにも、一八八五年にスペイン、ついでドイツに領有されたことが記され、日本統治時代の解説には、「日本統治時代（1914—1945年）は31年間に及び学校教育や産業開発などを通してパラオに強い影響を及ぼしました」と記されている（【図2】）。[4]

〈南洋〉は、「学校教育」などを通じ現地人を「文明人たらしめんとす[5]」ることを主たる目的に統治されており、日本による「学校教育」の「強い影響」下にあった土地であった。こうした地に中島は向かい、まさにこの「行政的中心」としての南洋庁に国語教科書編纂のため勤務した。現地人への「国語教育」に携わるという仕事は、おそらく中島に「文字」の権力性を意識させ、また自らが〈文明

人〉であることを再認識させたであろう。

中島の〈南洋行〉を通した意識の変化は、〈南洋もの〉に結実したと考えてよい。〈南洋行〉後に出版された第二著作集『南島譚』（昭和十七年十一月十五日、今日の問題社）に中島の〈南洋もの〉が収録されている。《南島譚》の総題が付けられた「幸福」「夫婦」「雞」、《環礁――ミクロネシア巡島記抄――》の総題が付けられた「寂しい島」「夾竹桃の家の女」「ナポレオン」「真昼」「マリヤン」「風物抄」、計九作品の、いずれも短篇である。なかでも《環礁――ミクロネシア巡島記抄――》（以下、《環礁》と略記。）は、「作者がパラオ島での生活で実際に眼にした所を誇張せずに書いた作品で、淡々とした文章の中にエキゾチズムの香りを悠々と放っている。[6]」と紹介されてきた。また、和田博文の「「不可解」を「不可解」のまま見つめようとする眼差は、「南島譚」「環礁」に遍在している[7]」という指摘が現在までの〈南洋もの〉の中心的な評価だといえよう。

『南島譚』の書誌事項を確認したい。

『南島譚』は、「新鋭文学選集2」と表紙に記載されている。装幀を担当したのは、二科展画家・鈴木信太郎（一八九五年～一九八九年）であり、初刷は三〇〇〇部（三〇〇〇部と印刷された書籍も）であった。

『南島譚』に付された「新鋭文学選集」紹介文には、以下の記載がある。


日本文学の新しい方向を掲示すべき、民族的伝統を生かした、気力と美しさと潤ひとを持つた作品の傑作集を、新世代の青年男女に贈るべく現文壇に特異な性格を放つ新鋭作家の協力を求めて「新鋭文学選集」を継続刊行致します。

全篇、競作の長篇を主とし何れも近来の力作を輯めて日本文学に新世代の息吹きを与へんとした野心的傑作ばかりであります。

【図4】『南島譚』

新鋭文學選集

1 野村尚吾 旅情の華
2 中島敦 南島譚
3 南川潤 白鳥
4 井上友一郎 雁宿
5 牧屋善三 感傷の紀行
6 長谷健 題未定
7 白川渥 同
8 野口富士男 同
9 宮内寒彌 同
10 牧野吉晴 同
11 田中英光 同
12 高木卓 同
13 丸岡明 同
14 和田芳恵 同
15 織田作之助 同

日本文學の新らしい方向を指示すべき民族的傳統を生かした氣力と美しさと潤ひとを持つた作品の傑作集を、新世代の若年男女に贈るべく現文壇に特異な性格を放つ新鋭作家の協力を求めて「新鋭文學選集」を継續刊行致します。

各冊B六判三五〇頁、鈴木信太郎裝幀の美本にて定價一圓六十錢、送料十五錢

今日の問題社

【図3】『南島譚』巻末に掲載

毎月一冊発行
上記十二冊以降は決定次第発表致します。
各冊B六判三五〇頁前後
鈴木信太郎　装幀

『南島譚』（昭和十七年十一月十五日、今日の問題社）発刊時点の既刊分は野村尚吾『旅情の華』と南川潤『白鳥』の二冊で、井上友一郎、長谷健、野口富士男、宮内寒彌、田中英光、和田芳恵、織田作之助の作品の予告もなされている（【図3】）。すべて鈴木信太郎による同一の表紙を持つ（【図4】）。

「新鋭文学選集」の企画に参加した和田芳恵は当時を振り返り、「この選集の最初のほうにはいった中島敦の「南島譚」は、この中に収めた短編小説も、すぐれていたが、発売直後、心臓喘息で急死したこともあって、売れゆきが伸びた。」と証言している。(8)

『南島譚』出版の経緯は次のようである。

夫人・中島タカ「思い出すことなど」(9)には「『南島譚』が出来上った時は主人はまだ家にいたように思います。

小川さんという係りの方でしたか、一見弱々しい感じの方で、主人も如何にも謙虚な人だったから書くのを承知したのだと申しておりました。」とあり、『南島譚』は今日の問題社編集者、小川義信の依頼により、出版されたことがわかる。当の小川義信来簡（昭和十七年五月二十六日付）には、「実は、今、作家叢書の事々に就きまして、是非、私としまして、御参加願いたく、御作、文学界、五月、二月号など、拝借致し、編輯会議に持ちこみたく存じます」との文章が見える。「文学界」五月号には、中島の「光と風と夢——五河荘日記抄」が、二月号には、「山月記」「文字禍」が掲載されている。

昭和十七年九月二日付、小川義信来簡には、「題名、文化協会にて、同名の本が矢張り、先に提出の事とて、変へて戴きたくとの事でしたので、早速〝南海譚〟にして申請致しました。」とある。「南海譚」は、「南島譚」の誤記であろう。書籍ではないが、高木卓の「南海譚」が、「文藝」（昭和十五年十二月）に掲載されており、それと競合したのかもしれない。

文化協会とは、日本出版文化協会のことである。「協会パンフレット」（昭和十六年五月）に、「不良出版物の抑制を図る一面に於て、たとひ優良のものと雖も、単に営利的な見地から濫りに時を同じくして出版され、又時を異にするも必要以上に重複して出版さるゝことを、出来る限り抑制することは極めて必要である。」とあるように、「重複」する内容を持つ書物の制限があった。

ここから窺えるのは、文化協会に中島考案の作品名を提出しに行ったが、どうも「同名の本」の存在によって許可が下りなかったらしいとの事情である。ただ、「同名の本が矢張り、先に提出」との小川の書きぶりから、小川の独断で書籍の題名を変えたのではなく、中島との事前の相談があった上での変更と考えるべきだろう。

第一創作集『光と風と夢』（昭和十七年七月十五日、筑摩書房）については、昭和十七年七月八日付、川口直江宛書簡に「僕の本は、印刷屋の都合で、恐らく、今月末になるでせう。「光と風と夢」といふ題。筑摩書房といふ〔所〕

本屋からの発行。この本の名は僕がつけたのではありません、（引用者注：〔　〕は見せ消ち。）」とあり、出版社が書籍名を決めたことがわかっているのに対し、今日の問題社の依頼による出版ということで比較的優位に進められたであろう『南島譚』は、中島敦の手に委ねられていたと推測出来る。『南島譚』との書名は、中島敦にとって重要なものだった。

考察を始める前に、中島敦にとって〈南洋〉とは何かについて触れておきたい。

〈南洋行〉前の作品「狼疾記」にある「原始的な蛮人の生活の記録を読んだり、其の写真を見たりする度に、自分も彼等の一人として生れてくることは出来なかつたものだらうかと考へたものであつた。（略）そして輝かしい熱帯の太陽の下に、唯物論も維摩居士も無上命法も、乃至は人類の歴史も、太陽系の構造も、すべてを知らないで一生を終へることも出来た筈ではないのか？」との文章からから窺えるのは、〈南洋〉は「原始的な蛮人」の住む土地であり、〈南洋人〉は〈文明人〉としての「自分」とは異なる存在だとの認識である。さらには、「唯物論」や「人類の歴史」や、多くの蓄積された〈近代〉的な知性を「知らないで」いられる存在、即ち〈近代〉とは対照的な存在として〈南洋〉を肯定的に捉えていたといえるだろう。[10]

本書では、中島敦の〈南洋行〉での感慨が率直に描かれたとされる〈南洋もの〉、なかでも《環礁》作品を中心に取り上げ、特徴を考察し、その価値を再検討したい。

3　本書の射程と構成

本書は、中島敦という一人の作家と、彼が経験した〈南洋行〉体験を中心に読み解いていく。

時には草稿分析を通しテクスト生成の経緯を読み取り、時には同時代的な資料を用い実証的に研究する。

第一部「〈南洋行〉と作家たち」では、中島敦・土方久功・久保喬・大久保康雄の〈南洋行〉を中心に見ていく。

第一章「〈南洋行〉と中島敦」では、中島にとっての〈南洋行〉の意味を探っていく。当時の〈南洋〉への教育について、琉球大学図書館所蔵の、矢内原忠雄資料（主に、矢内原が作成した「南洋群島島民教育に関する質問書」への回答）を取り上げ、〈文明〉のないものに教育を与えることで〈文明人〉にしようという当時の政策を示す。久保喬の作品や、土方久功との比較を通して、彼等との相違点を抽出していく。

第二章「中島敦〈南洋行〉と大久保康雄「妙齢」」では、中島が〈南洋行〉の最中、懇意になった南洋庁職員・竹内虎三の〈南洋〉での詳細を明らかにする。当時の中島の書簡に「「風と共に散りぬ（ママ）」の訳者、大久保康雄を案内し」たとあり、また、「大久保の南洋の小説」「「妙齢」つていふ、田中の送つて来たヤツ」を二冊手にしたことがわかっている。しかし、大久保康雄の「妙齢」が何を指すのかは不分明だった。その実態を明らかにする。

第三章「大久保康雄〈南洋行〉——中島敦との接点を中心に——」では、第二章で明らかにした大久保康雄の短編小説および、同時期に書かれた〈南洋もの〉作品の研究を行う。中島敦の〈南洋行〉はよく知られているが、大久保康雄の〈南洋行〉は従来論じられることがなかった。本章では、大久保康雄の〈南洋行〉日程を明らかにし、そのうえで作品群を分析していく。

第二部「中島敦の〈南洋もの〉」では、具体的に作品分析を行っていく。中島の〈南洋もの〉（《環礁》作品群、《南島譚》作品群）より、「真昼」「マリヤン」「ナポレオン」「夾竹桃の家の女」「幸福」「夫婦」「雞」を中心に据える。

第四章「中島敦「真昼」論Ⅰ——〈南洋〉表象と作家イメージ——」では、《環礁》作品群がなぜ「私」の見た〈南洋〉という構図を取るのか、同時代的な中島敦像を捉え、さらには〈南洋〉表象を把握した上で検討を加えていく。第二創作集『南島譚』が出版された昭和十七年頃の中島敦は今後を期待された新人作家であった。しかし、時局的な要請や同時代言説などから、〈南洋行〉前の作品「光と風と夢」は、「南方研究者」が描いた「白人」植民地主義への批判を含んだ時局的なテクストだと受け取られ、流通していった。そのなかで、敢えて、中島が〈南洋もの〉を書き上げたのはなぜか。中島が〈南洋もの〉で企図したものを明らかにする。

第五章「中島敦「真昼」論Ⅱ——視座としての「真昼」——」では、まず〈南洋もの〉の生成過程に注目する。生成過程から、当初は《南島譚》と《環礁》とが混在していたこと、さらに《環礁》生成の際に、中島が作品配列に拘った様を読み取る。中島には諸短篇を《南島譚》と《環礁》に振り分ける意識があり、《環礁》においては掲載順も大切であったことがわかる。「ナポレオン」と「雞」の移動に伴って起こった配列の変化は、「ナポレオン」と「マリヤン」が並べられた点、そして、その間に「真昼」が挟まれた点である。「真昼」の構造を分析し、「真昼」が収録されることで起こる変化を問いたい。

第六章「中島敦「夾竹桃の家の女」論——ピエル・ロティとの交錯——」では、ピエル・ロティの『ロティの結婚』と近しい構図を持つ「夾竹桃の家の女」が、『ロティの結婚』を想起させる構図を敢えて敷いているのはなぜなのか。草稿分析から、中島が意図的にロティを想起させるような言葉を付け加えているさまを読み解いていく。そのうえで、それらがなぜ意図的に行われたのかについて草稿・テクスト分析を行いながら考察する。

第七章「中島敦《南島譚》論——〈病〉と〈南洋〉——」では、《南島譚》との総題のもとで纏められた「幸福」「夫婦」「雞」を扱う。まず、〈南洋〉における〈幸福〉は、「島民固有の文化」を知り、近代的「医学」と近代的「教育」によって、その「原始的なる」生活を改善することだと指摘する。そのうえで、三作に共通するのは〈病〉だと明らかにする。なぜこの作品群がこのような特徴を持つのか、見ていきたい。

本書の第一部では、〈南洋行〉を行った作家たちを実証的に研究することで、同時代的な流れを確認する。そのうえで、第二部では、中島敦がどのようにテクストを編み上げたのかを具体的に読み解いていく。本書の試みは、資料や草稿、テクスト自体の細部に拘ることで、その生成過程から抽出できる概念を明らかにし、それによって現れる〈読み〉の可能性を追うことである。このような考察は、戦時下に〈南洋もの〉が多く生産された意味、そして、〈日本〉が〈南洋〉と関係することで変奏する動態そのものを問うことへと繋がるだろう。

注

(1) 南洋群島教育会編『南洋群島教育史』(昭和十三年十月二十日、南洋群島教育会)

(2) 矢内原忠雄『南洋群島の研究』(昭和十年十月三日、岩波書店)

(3) 杉田次平「南洋群島国語読本編纂趣意」(南洋経済研究所「南洋群島島民教育概況(下)」、「南洋資料」第四二九号、昭和二十年三月)

(4) 二〇〇八年に発行された、Belau National Museumによる展示紹介書。二〇一一年時点で、同美術館にて配布されている。

(5) 琉球大学図書館所蔵の、矢内原忠雄作成による、南洋群島諸学校校長宛「南洋群島島民教育に関する質問書」には、「1、修身科(1)主たる訓育の目的は何か」という質問に対して、「トラック水曜島公学校「文明人たらしめんとす」」などの回答がある。なお日本統治時代の学校教育については、第一章で詳述する。

(6) 郡司勝義「代表作品解題」(中島敦『李陵・弟子・山月記』所収、昭和四十二年一月十日、旺文社)

(7) 和田博文「未知を交通させる場所――中島敦」(『単独者の場所』所収、平成元年十二月十五日、双文社出版)

(8) 和田芳恵「自伝抄――七十にして、新人」(「読売新聞」夕刊に、昭和五十二年八月九日~同年三十一日まで計二十回に亘り連載された。引用は、『和田芳恵全集　第五巻　随筆』(昭和五十四年五月二十二日、河出書房新社))に拠った。

(9) 『中島敦全集』別巻(平成十四年五月二十日、筑摩書房)所収。

（10）　たとえば、「和歌（うた）でない歌」（生前未発表。『中島敦全集』第二巻（平成十三年十二月二十日、筑摩書房）所収。）には、「ある時はラムボーと共にアラビヤの熱き砂漠に果てなむ心」、「ある時はゴーガンの如逞しき野生のいのちに触ればやと思ふ」、「ある時はスティヴンスンが美しき夢に分け入り酔ひしれしこと」という歌がある。ここでは、「熱き砂漠に果て」ること、「野生のいのちに触れ」ることを「美しき夢」だと認識する中島が見受けられる。

第一部　〈南洋行〉と作家たち

第一章　〈南洋行〉と中島敦

1　中島敦と土方久功

二〇〇七年十一月、世田谷美術館で「パラオ——ふたつの人生　鬼才・中島敦と日本のゴーギャン・土方久功展」（二〇〇七年十一月十七日～二〇〇八年一月二十七日）が開催された。

土方と中島は、昭和十六年七月、パラオで知り合った。翌十七年一月には二人でパラオ本島一周の旅に出ており、二人の近さを感じ取ることが出来る。本章では土方と中島の比較なども行い、中島にとっての〈南洋行〉の意味を探っていく。

昭和十六年六月から中島は、サイパン、パラオ、トラック諸島、ポナペ島、クサイ島、ヤルート島、ポナペ島、トラック諸島、パラオ、ヤップ島、ロタ島、テニアン島、サイパン、パラオの順に〈南洋〉を渡り歩いている。中島が亡くなったのは昭和十七年十二月四日であった。その死の前年、昭和十六年六月から昭和十七年三月まで中島は文部省図書監修官釘本久春の斡旋により南洋庁内務部地方課国語編修書記として〈南洋〉に赴いている。

中島が〈南洋行〉への決断をしたのには数々の理由があると推測されている。

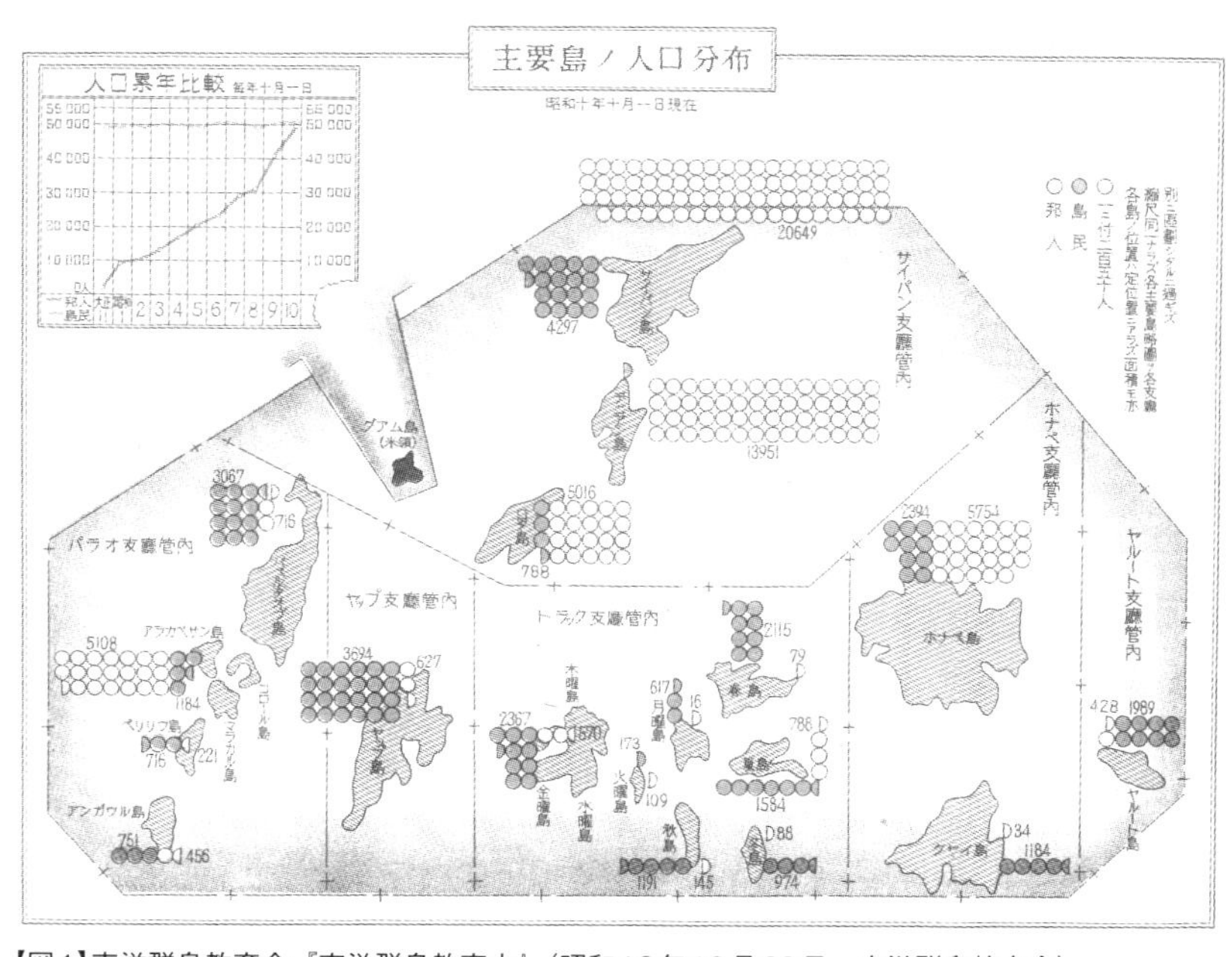

【図1】南洋群島教育会『南洋群島教育史』（昭和13年10月20日、南洋群島教育会）

まず金銭上の問題が挙げられる。昭和十六年六月二十八日付中島田人宛置手紙に「みんな貧乏人根性のさせる業です（こんな下らぬ仕事に就かうとしたのは）恐らく僕の幽霊は、書かれなかつた原稿紙の間をうろつき廻ることでせう。」と書かれている。中島が金銭的に困窮していたのは友人たちに宛てた書簡などからも窺える。実際、この〈南洋行〉にはそういった目的もあったのだろう。しかし、この当時初老といっても過言でない父、中島田人に横浜高等女学校の職を引き継いで貰ってまで〈南洋行〉を強行した理由はこれだけではない。

〈南洋〉への憧れ、それが中島を決断させたのではないだろうか。私小説的、と評される作品「狼疾記」（昭和十一年か）に「其の頃三造は斯ういふものを――原始的な蛮人の生活の記録を読んだり、其の写真を見たりする度に、自分も彼等の一人として生れてくることは出来なかつたものだらうかと考へたものであつた。確かに、と其の頃の彼は考へた。確かに自分も彼等蛮人共の一人として生れて来ることも出来た筈ではないのか？　そして輝かしい熱帯の太陽の下に、唯物論も維摩居士も無上命法も、乃至は人類の歴史も、太陽系の構造も、すべてを知らないで一生を終へることも出来た筈ではないのか？」との記述がある。ここで読み取れる中島にとっての〈南洋〉は「原始的な蛮人」が住む土地、〈文明〉を忘れさせてくれる場としての〈南洋〉である。

では、当時の南洋群島はどういった土地だったのか。〈南洋行〉中、中島が懇意にしていた人物に土方久功がいる。土方と中島は現地で小旅行を共にするほど密接に関わっていたのだが、その土方のエッセー「敦ちゃん」（昭和三十三年三月）に「私と言えば既に南洋に十年余もいたのだが、日本人のいないサトワヌ島と言う小島に七年もいて、再びパラオに出て来てみると、パラオはすっかり変りはてて居り、殊に役所（南洋庁）のあったコロール島は、殆ど日本人の島になり（略）昔の、言わば眠ったような南洋ではなくなってしまった[1]」とある。

中島自身の書簡にも「僕は今迄の島でヤルートが一番好きだ。一番開けてゐないで、スティヴンスンの南洋に近いからだ。だが、竹内氏にいはせると、「南洋群島でヤルートが一番いい、といつたのは、あんたが始めてだ」さうだ。ヤルートは不便だ、とみんながコボスといふ。寂しいともいふさうだ。僕は、まるで反対だ」（昭和十六年十月一日付中島タカ宛書簡）との文章がある。南洋群島は、中島の思い描いていたものではなく、日本化された土地であった（【図1】）。

2　矢内原忠雄資料から見る〈南洋〉教育

そもそも中島は教科書を編纂するために〈南洋〉に赴いたのである。序章でも少し触れたが、当時の日本の、〈南洋〉における教育について纏めよう。まず、昭和十三年十月二十日に南洋群島教育会が発行した『南洋群島教育史』の「序」に「我が南洋群島に於ける教育は、赤道の下、皇国海の生命線を守るべき第二の国民を育成し、又、新附島民を撫育教導して真箇の皇民と化する点に於て特異且重大なる意義を蔵し、其の成果は、皇国群島統合の成果と共に永く光を伝ふべきものである。」との文章が掲載されている。ここで注目すべきは「南洋群島に於ける教育」が「真箇の皇民と化する」ことを目的としているという部分である。中島が南洋群島に赴いたのは南洋庁内務部地方課国語編修書記としてであり、現地での国語教科書の編纂が彼の仕事であった。すなわち、南洋群島に住む人々を「真箇の皇民と化する」ことが求められたのである。

南洋経済研究所が昭和十九年九月十日に発行した「南洋群島島民教育概況（中）」「はしがき」には「南方原住民の教育は日本及日本人に課せられた大きな問題の一つである。あらゆる角度から之を研究して、最も適切にすることに努めねばならぬ。之迄欧米人が行ふたこともよく研究して其の害を除くことも必要であるが、特に我国従来の外地に於ける体験を十分に活用するのが最も賢明である。」とあり、「小学校規則改正の要旨」に「之から人とならうとする未開無智の者を教化するのであつて、人として現存して居る者を更に人たるべく教育するの域に達して居る者でない事を忘れてはならない。」とあった。「未開無智の者を教化する」という意識があったことが窺えるのである。

同じく「南洋群島島民教育概況（下）」には「国語読本第二次編纂（元南洋庁嘱託　芦田恵之助）」が掲載されている。芦田恵之助は中島敦よりも前に、彼と同じ職業に就いていた者であるから、当然求められていたことは近いと考えられるのだが、その芦田は「二、南洋群島国語読本を編纂するについての根本方針は、一に国語を学習することによつて、島民の幸福を増進することを第一義としました。まづ島民の生活に文化の意義を発見することから出発して、内地の文化、欧米諸国の文化等を想像の上に学ばせるやうに工夫致しました」と言う。

現在、琉球大学図書館には、矢内原忠雄の資料が数多く保存されている。その中に、矢内原が作成した「南洋群島島民教育に関する質問書」への回答が残されていた。彼が南洋群島諸学校の校長に教育に関する質問を行い、その回答を表に纏めたものであるが、一部抜粋すると次のようなものであった。[2]

●修身科（1）主たる訓育の目的は何か

ロタ公学校「徳育」

ヤップ支庁並公学校「徳性の涵養」「道徳実践の培養」

トラック春島公学校「善良たる社会の一友たる性格の涵養」

トラック支庁「勤労　親睦　正直　従順　清潔　感恩」

トラック水曜島公学校「文明人たらしめんとす」

●国語科（1）教授用語には島民語を用ふることありや

ロタ公学校「一年一学期にはあり」

ヤップ支庁並公学校「原則上使用せず」

●六　島民は教育により知能発達して文明人に到達する見込ありと認めらるゝか

ニフ公学校「見込充分ならず　先天的能力に欠陥あり」

トラック春島公学校「教育百年うけさせば見込あり」

ボナペ島キテー公学校「南洋群島に居るのでは見込なしと認む」

ボナペ支庁「自求創造にては疑問なるが指導により相当に達すると認む」

ジャボール公学校「環境と教育の方法に依り達し得らるるが群島のみに居住しては困難」

●九　島民、就学は自発なりや　又は官の奨励に出づるやロタ公学校「自発的」
ヤップ支庁並公学校「官の奨励」
ニフ公学校「官の奨励」
トラック春島公学校「約8割　自発　其の他は官の奨励」
トラック支庁「自発的多くなれり」
メタラニウム公学校「官の奨励　最近自発的になり」
サイパン公学校「募集ニヨリテ応募　自発的」
ボナペ島キテー公学校「主に官の奨励、1／3位は自発的　これは遠路と関係もあり」

「訓育の目的」を「文明人たらしめんとす」と回答する、また「島民は教育により知能発達して文明人に到達する見込ありと認めらるゝか」という質問の存在そのものが、〈文明〉のないものに教育を与えることで〈文明人〉にしようという当時の政策を表しているのではないか。

昭和八年に南洋庁サイパン公学校が発行した『学校経営要覧』には「本校教育方針」として「生活ノ向上改善ニ必要ナ普通ノ知識技能ヲ授ケルノデアルガ島民児童ノ現状カラ考察シテ「国語ノ普及」ト「迷信打破」トハ特ニ力ヲ用ヒナケレバナラナイ」とある。[3] さらに「猶島民ハ文化ノ程度ガ低イ」と断言した箇所もあった。

以上のように「日本語」を教えることにより「文化」を与え、〈未開〉の民である島民を〈幸福〉にしてあげようとする視線が昭和初期には存在していた。これは、島民を〈未開〉に固定し、自らを〈文明〉に位置づけるものである。「島民は教育により知能発達して文明人に到達する見込ありと認めらるゝか」との質問に対する、ニフ公学校校長の「先天的能力に欠陥あり」という回答からも、文字を持たない島民を〈未開〉に押し込もうとする民族差別的な欲望が見て取れる。あくまでも〈南洋〉は、「先天的」に〈日本〉とは異なっていなければならないのである。つまり、これらの、〈幸福〉を与えようという善意的なまなざしには、日本版オリエンタリズム[4]が潜んでいることは明確である。

また、南洋群島教育研究会が昭和七年八月に発行した「群島教育研究」第二十号に「ほんとうに真黒な顔、光る目玉、純白の歯こそかへつて物凄い様ゾツとする様な感じが全身に伝はるのを覚えた。然し次の瞬間上を見上げて極めて流調に「今日は」の邦語が口を突いて出た。其の一言で今までおぼえてゐた自分の心もスーツと解けてかへつてなつかしの情さへ感じる様に変つた。何と国語の力は偉大でせう」との文章を見出せるように、自分にとってわからないものを自国の言葉を用いて制御しようという目論みも働いていたことは否めないであろう。

3 久保喬と〈南洋行〉

旅行者として南洋群島を訪れた作家に久保喬がいる。彼に『南洋旅行』という作品がある。昭和十七年一月十日、金の星社から発行されたものであるが、「あとがき」によると「この本は題のとほり少年少女の読者のために南洋群島に関する事を色々書いたものですが、しかし、単なる南洋の地理解説書とか案内記のやうなものではありません。といふのは、筆者が自からこの地方に旅行して、見聞したり、感じたり、考へたりした事などをのべてみたものだからであります。」「この中にある色々な事に対する筆者の考へ、といふやうなものを抽き出して読んでゆかれる事も出来ます。」「例へば、南洋の島民の生活とか、教育とか、政治とかいふやうな特殊な事をかなり詳しく述べてゐますが、その中には、自ら植民地問題とか、異民族融和の問題とか、或は、未開人の研究による文化人類学的な問題等、色々な一般的普遍的な問題が含まれてゐる、といふやうなわけであります。」とのことである。

久保は中島と同じく〈南洋〉に行き、現地における教育を見て、作品を書き上げている。たとえば「朝礼体操」に関して「二十余年間も南洋で、島民の教育に従事して居られる、サイパン公学校の校長先生のお話をうかがいますと、公学校の主な方針といふのは、島民を立派な日本国民にするやうに、教育することとあはせて、彼等がより幸福な生活が出来るやうに、知識を授けていくことです。それからとかく怠惰者になりやすい彼等を、勤勉な性質の人間にするやうに、改め直すことださうです。」と記述している。

前述したような〈幸福〉を与えるという意識がサイパン公学校にあったことが窺えるのだが、久保の感想は「ことに日の丸旗が空にあげられて、その下で君が代を歌ふ、島民の子供たちを見ますと、何か強い感動が胸の中にわいてくるのをおぼえました。」であり、「朝ならば、「オハヤウ」、昼ならば「コンニチハ」と、公学校で教はつたらしい挨拶を、快活な調子でしますので、ほんたうにかはいく思ひました。」というものである。また「ココホレワンワン」の章では「日本のものがとけこんでゐるのだといふことを、感じないではゐられませんでした。」とする久保の意識は、当時〈南洋〉を訪れた、いわば知識人たちの視線と同質のものであった。

では、中島敦はどうであったのか。中島の書簡を挙げていく。昭和十六年十一月六日付中島田人宛書簡には、「現下の時局では、土民教育など　殆ど問題にされてをらず、土民は労働者として、使ひつぶして差支へなしといふのが　為政者の方針らしく見えます、之で、今迄多少は持つてゐた、此の仕事への熱意も、すつかり　失せ果てました。もつとも、個人の旅行者としては、多少得る所があつたやうに思ひます」とある。

また、昭和十六年十一月九日付中島タカ宛書簡には、「土人の教科書編纂といふ仕事の、無意味さがはつきり判つて来た。土人を幸福にしてやるためには、もつと／＼大事なことが沢山ある、教科書なんか、末の末、の実に小さなことだ。（略）なまじつか教育をほどこすことが土人達を不幸にするかも知れないんだ。オレはもう、すつかり、編纂の仕事に熱が持てなくなつて了つた。土人が嫌ひだからではない。土人を愛するからだよ。僕は島民（土人〉がスキだよ。南洋に来てゐるガリガリの内地人より、どれだけ好きか知れない」とあった。

前々節で触れたが「ヤルート」は日本化されていない島であった。そこを「一番好き」といい、「スティヴンスンの南洋に近いからだ」という中島からは、南洋は〈未開〉のままでいてほしいという願いが見受けられる。ただし同時に、〈未開〉の者を「幸福にしてやる」といった思いも垣間見える。この姿勢においては、中島と当時の国語読本編纂者たちとの間に共通するものがある。

しかし、中島が当時の国語教育に疑問を覚えたらしい様が窺える文章が残っている。教科書編纂へのコメントである。中島のコメント(5)に「島民の実際生活に非ず」「島民少女らしき色彩は出ぬものか、之では内地の少女と変りなし」「絵、ヤップの古俗とは褌が違ふ」「島民古来の航海術に触れる要なきや?」「マッチよりも島民に親しき鰹節製造を例にとつては如何?」などとあり、「島民」らしさを重要視している様が窺える。「島民」を「島民」として見、「島民」にとってわかりやすい教育を与えること、これが教育者としての中島の視線の中心にあったのではないだろうか。

昭和十七年二月一日、中島は南洋群島文化協会発行の「南洋群島」二月号に「旅の手帖から」を、同じく「南洋群島」三月号に「章魚木」を発表している。「章魚木」に「数日後、アイマミリーキから瑞穂村への道で私は又たこの木の群を見た。しかし、これは幹もすくすくと伸び葉も折れず裂けず、極めて大人しい個性の無いたこの木共であつた。アルコロンのたこの木は突然一喝をも喰はせかねない勢だつたが、此処のたこの木達は、声を揃へて大人しくコンニチハと頭を下げさうな、良くしつけられた優等生ばかりである。飼慣らされた檻の中の猛獣を見る時のやうな味気無さを私は感じた。」とある。

当時の南洋群島を訪れた日本人の中で、「島民」を「島民」としてみようとした視線は、異質のものであっただろう。

4 土方久功と〈南洋行〉

南洋で中島と親交を持った人物に土方久功がいる。土方は二十九歳の年、昭和四年三月、南洋航路船「山城丸」でパラオへと向かう。パラオではもっぱら神話伝説の収集にあたる。昭和六年、離島のソンソル、メリエル、プル、トコベイ島を回る。さらに、〈文明〉と無縁な孤島へ、との思いからヤップ離島の最東端サテワヌ島へ移住。そこに七年間滞在する。昭和十四年パラオに戻り、南洋庁物産陳列所の嘱託となり民俗研究にあたる。昭和十六年、中島敦と知り合う。共にトラック島を含む南洋諸島を巡る。[6] 昭和十七年中島と一緒に帰国。翌年サテワヌ島での生活記録『流木』を刊行する。

『土方久功著作集』「月報」によると、土方は〈南洋〉に渡る際、「実を云えばこの最後の土人の仲間入りというのが私の最初からの希望なのであった。（略）我から引っ込んで土人達の中に入り込もうと云うのが、私のたくらみである」[7] との日記を書いたとのことである。

土方久功が〈南洋行〉に臨み、記した詩がある。〈南洋〉への憧れを表現した詩には「青い海に浮かぶ」（昭和三年三月）という題が付けられている。また〈南洋行〉後の「黒い海」（昭和三十一年六月）という詩では、自身の「青い海に浮かぶ」に触れ「その妙な詩の中で　私は　文明の虚偽と不倫とをはかなみ　裸の土人たちの――実はまだ知らない裸の心を　夢み　憧れ　そして礼賛したのだった」と書く。そして「（文明人の華やかな衣装につつまれた体と　厚化粧にぬりこめられた心との間にある距離は！）」「青い海は黒い海になってしまったようだ」という〈文明〉への懐疑の姿勢を示している。

土方久功と中島敦とを結んだものは何だったのか。土方は後に「トン」（『土方久功著作集』に収録。生前未発表）と言うエッセーを執筆する。「トン」というのは中島敦の愛称である。土方は「短いあいだに「トン」と私には、あの無くてはならない筈の友達になっていたのだ」と書く。「パラオでのトンと私」（昭和三十二年三月）で土方は「私はまた、お役人臭と云うものを全然身につけていなかったはずで、（実際私は役所の人とは殆ど深く付き合う人がなく、熱帯生物研究所に来ていた若い動物学者たちとばかりつきあっていたのでした。）そう云うところがトンチャンをたいへん気楽にしたのだと思います」と振り返っている。中島が役所の人間と気が合わないと感じていたことも一つの理由であったのだろう。

　昭和元年十一月二十五日の「日記」に初めての個展への口上が書かれており、そこで土方は「私は素人の余技が好きです。」と述べ、「私の云うような素人の楽な気持と絶対の自由を持って居るのは、玄人のなかった古代人と玄人のない未開人と、そうして世間風に歩かない所の芸術の少人数の無信仰者だけです」という。これは、中島の「原始的な蛮人の生活の記録を読んだり、其の写真を見たりする度に、自分も彼等の一人として生れてくることは出来なかつたものだらうかと考へた」（「狼疾記」）という意識と近しいものであった。

　実際に〈南洋〉に赴いた土方は〈未開人〉に溶け込もうと裸で生活している。[8]しかし、その土方でさえ〈文明人〉である自分から完全に逃れることは出来なかった。

　土方は詩「孤島」（昭和三十二年六月）の中で、サテワヌ島で嵐のために死んでいった「土人」たちに触れ、「それにもかかわらず私に飛びかかる考え「彼らは蟻だ」　何千何万来　生きて死んで来た虫けらの大ものだ」と書く。また「黒い海」では「鳥か魚のような種類としての土人たち[9]」と表現する。『流木』（昭和十八年三月、小山書店）の「はしがき」では〈未開人〉の生活がどれだけ島民自身が作り上げた網のような規定に支配されているかに触れたうえで「われわれ文明人の頭でわり出したような批判によって、その一部をでさえも急激に覆しでもしたならば、たちまちこの調和は乱されるであろう」と述べ「要はいかに上手に、彼らに大きな犠牲をはらわせずに、彼らを救いあげてやるかにある。その必要をひしひしと認めなければならないことを、本書は提唱するのである」としている。

中島と土方を近しくしたのは、〈未開人〉への憧れ、共鳴であった。そして、〈文明〉を懐疑しつつ〈文明人〉の意識から抜け切れなかった、そういった共通点も二人を結びつけたのであろう。ただ、二人の〈南洋〉への距離のとり方がまったく同じであったかというと、そうではない。

土方の「青い海に浮かぶ」という詩に以下の表現が示される。「金色の水々しいパパイアか　滴るマンゴーの甘露を吸って暑い昼時を休み　まどろむかもしれない　そんな時　私たちはお互の生まれについて話したり　あるいはお互いの知識を交換したりするかもしれない　彼女はこんなふうに話しだすかも知れない」とある。また詩の最後は「そしたら私は彼女に私の悲しい過去を笑ってもらって　も一度　彼女の話をはじめから話してもらおう　そして私も今まで身に積もった着物を一枚ぬぎ　そして又一枚というふうにぬぎすてることにしよう」で閉じられる。そして「お互いの知識を交換」する視線、つまり「土人」からも「知識」を得ようとする考え、これこそが土方独自のものであったのではないだろうか。

パラオにおける「旅日記」（昭和十七年十一月）での「子供たちに日本語を教えるということは、それより以上に彼らからこの島の言葉を習うことになるからである。」との感想からも、土方の、「土人」とともにあり、「土人」から学ぶという意識がこの当時、南洋群島を訪れた人々の中でも特異であったことがわかる。土方久功は数多くの彫刻を残した。それらは「カイバックルというパラオ土民の用いる独特の手斧で彫られている」[10]もので、土方が実際に触れてきた〈南洋〉を対象としたものである。土方は芸術を「土人」たちの芸術から生み出していったのである。

一方の中島が、〈南洋〉を題材として書いた作品は「幸福」「夫婦」「雞」「寂しい島」「夾竹桃の家の女」「ナポレオン」「真昼」「マリヤン」「風物抄」であり、これらは『南島譚』（昭和十七年十一月十五日、今日の問題社）の総題の下、纏められ出版される。

〈南洋〉を題材として書き上げた作品は土方に取材したものが多い。[11] たとえば「ナポレオン」の題材は土方久功の草稿から構想された。[12]

「雞」という作品も土方から聞いた話を素材としている。戦後、土方は「鶏」（昭和三十二年六月）というエッセーで「もう大分前になくなった中島敦は、パラオに来ていた頃、毎日かかさず私の家に入りびたっていた。そして私の日記帳をあちこち引きずり出しては読んでいたが、時々「土方さん、この話、僕にくれませんか」と言った。「ああ、どうぞ」と私は答える。」と中島との交友を回想している。土方が中島に与えた話とは――病に悩む老人に、病院の先生から「レンゲさん」（キリスト教布教者で薬を島民に施していた人物）の元に通うゆるしを得るよう頼まれた土方が快く引き受け、そのことに感謝した老人が、自分の死後、土方に鶏を贈るようにと何人にも遺言したために、土方は後日三人から鶏を贈られた――といったものだった。この話を紹介した後には、「こんな純粋な気持、こんな一途な気持――それを若い頃まで、互いに戦争ばかりしていた、そして死首を得てはブラバオル首踊を踊って村々をまわった島民が持っていたことを知り、ただただ敬虔な何者へともない祈りを祈ったのであった。」との土方の感慨が付されている。

しかし、中島が描いた「雞」は全く違った様相を呈している。土方が老人を「優しい心を持った爺さん」と記したのに対し、中島は「雞」の中で老人を「とんでもない喰はせもの」として描く。――民間俗信の神像や神祠などの模型を蒐集していた「私」は老人に模型を作らせていた。老人に支払う金銭の相場がどんどんせり上げられ、ついには模型自体にも不審な点が多々現れるようになる。「私」が老人を怒鳴りつけると「石の様な無表情さ」を見せ、老人は懐中時計とともに私の前から姿を消す。――

土方にとって鶏の一件は、島民の「純粋な気持」に触れた体験であった。しかし「雞」の「私」にとっては「あの時計の事件によつて私の心象に残された彼の奸悪さと、今の此の鶏の贈り物とをどう調和させて考へればいいのだらう」と困惑させるものであった。土方は「さて作家というものは、ただこれだけの材料があれば結構気のきいた短編小説を書いてしまう。「どん底」のせりふではないが、「……そいつがまた職人の中でもなかなか腕のある野郎でね……犬の皮から奇麗な白熊の皮をこしらえるんだ……猫の皮を染めてカンガルーの皮にするんだ……麝香鼠にするんだ……」」(「鶏」)と書く。

『南島譚』は「南島」を物語化することにある、といえる。物語化するということは、そこにあるものをありのまま伝えることとは異なる行為である。中島は「土人」の姿をそのまま描くこと、〈南洋〉での感慨を率直に表現することよりも、小説にして世に出すことを選択した。

「雞」という作品は「それは兎も角として、南海の人間はまだ〳〵私などにはどれ程も分つてゐないのだといふ感を一入深くしたことであつた。」との文章で閉じられる。中島は、「わからない」という作品構造を意図的に持たせている。「わからない」存在として〈南洋〉を外部に配置しようとする中島の考えが示されているのではないか。中島にとって〈南洋〉は〈文明人〉である自己を再認識する「場」として機能した。後年、「弟子」「李陵」といった作品が生まれたのも〈南洋行〉なしにはありえなかったと思われるのである。

〈南洋行〉後、中島は「新創作」の編集責任者・船山馨に依頼されて「章魚木の下で」を書いている。[13]

中島は書く。「章魚木（たこのき）の島で暮してゐた時戦争と文学とを可笑しい程截然と区別してゐたのは、「自分が何か実際の役に立ちたい願ひ」と、「文学をポスター的実用に供したくない気持」とが頑固に素朴に対立してゐたからであつた。章魚木の島から華の都へと出て来ても、此の傾向は容易に改まりさうもない。まだ南洋呆（ぼ）けがさめないのかも知れぬ」。

ここで中島は、戦争と文学とを区別し、文学に生きていくことを宣言している。その言葉通り、〈南洋行〉以後の中島は〈南洋〉に留まるのではなく中国を舞台とした作品を精力的に書き上げていく。

中島は土方とは違い、「土人」の中に入り込み「土人」の芸術から学び、作品を創り出すことを選ばなかった。〈南洋行〉は中島に〈文明人〉としての自己を再び認識させた。そして、中島の、「島民」を「島民」として見る視線、つまり「不可解」なものとして他者を認める視線が、〈南洋行〉以降の中島文学に備わったことは確実であろう。

注

（1）他に土方がパラオについた触れた文章に「昭和十四年――サテワヌ島からパラオに出て来た時に、三ヶ月ばかり東京に帰ったのでしたが、その時、十年ぶりでこのテニヤン島を訪れたのでした。あの鼠だけの世界だったジャングルは、かげひとつとどめず、全島それにかわって砂糖黍畑に生れかわり、日本人の家で大きな町が出来、そこにあふれ出た子供たちで、テニヤン小学校は南洋群島一の大きな小学校になっていたのでした。サテワヌ島から満七年ぶりでパラオに出てきた時、パラオの変り方にびっくりしたのでしたが、南島に渡って満十年たって立ち寄った、このテニヤン・ジャングルの転身発展にまたまた目をみはり、十年と云う月日の恐ろしいような力と重さ、金力と機械力と、束になった人力と、わが身、一身の十年を比べ見ないではいられなかったのでした。」（「僕のミクロネシア」昭和四十九年二月）という回想がある。

なお、土方久功の資料はすべて、『土方久功著作集』第一巻～第八巻（平成二年七月十五日～平成五年十一月三十日、三一書房）から引用している。

（2） 矢内原忠雄は昭和七年に太平洋問題調査会より南洋群島の研究を委嘱されており、これらの質問書への回答も同じ頃と推測されている。また、琉球大学図書館所蔵の矢内原忠雄文庫は現在電子化され、インターネット上で閲覧が可能になっている。今回、「南洋群島島民教育に関する質問書」の一部を引用させていただいた、琉球大学図書館に深く感謝したい。参考までに、トラック支庁長の回答を掲載する（下図参照）。

（3） 注（2）に同じ。矢内原忠雄文庫に所蔵されている。

（4） エドワード・W・サイード著・今沢紀子訳『オリエンタリズム　上』『オリエンタリズム　下』（平成五年六月三十日、平凡社）

（5） 中島の国語読本へのコメントは『中島敦全集』第三巻に収録されている。また、浦田義和が『占領と文学』（平成十九年二月二十日、法政大学出版局）で南洋群島国語読本のページを引用した上で詳細に述べている。

（6） 土方によると「トンは前から一度本島（パラオの役所があるところはコロール島と云う小さな島で、その北に接してパラオの主島をなすバベルダオブ島があるので、それを本島と言いならわしているのです。）につれて行ってくれと言っていたのでしたが、なかなか行き違って実現しないでいたのでした。で、戦争がはじまってしまって、トンも私も病気がよくならないので、もう二人とも役所をやめて内地に帰ろうと、いっていたその帰る前、十七年の正月のことです。一月十七日から三十一日まで、十二日をかけてトンと二人だけで本島一周をしたのでした。」（「トンちゃんとの旅」生前未発表）とのことである。

（7）『土方久功著作集』第二巻「月報」に掲載された土方敬子「土方久功の足跡　2」より引用した。

（8）『土方久功著作集』第八巻「土方久功年譜」によると昭和六年に「パラオでの二年半は、島中を歩き廻り、それも島民とほとんど変らない裸の、裸足の生活をやってのけた」とある。（なお、この年譜を纏めた編集者の記載は見当たらなかった。）

また土方自身も「わが青春のとき」（一部を除き生前未発表）において「この最後の——土人の中にのめりこむことによって、私は南洋に賭けたと言ってもいいだろうか。裸で跣で土人の暮らしをする。「土人」になれた訳ではないが。」と書いている。

（9）『土方久功著作集』第六巻より「黒い海」。前後を少し引用する。

そんな木々のように芽生えて　生きて　死んでいく
多分　個の意識さえ意識されなければ
死んでは甦る　死んでは甦る
言わば鳥か魚のような土人たちの生活が恋しくなった
裸で生まれて来て　裸で育ち　裸で死んで行く……
鳥か魚のような種類としての土人たち
それにもまして　まだ被われない裸の心

その運命はかなしい
しかしあすこでは正しさは正当にただしかったし
小さな嘘は小さな間違いしかおこさなかった

(10) 宇佐見英治「土方久功の彫刻」(『土方久功著作集』第八巻)

(11) 「幸福」は「オルワンガルの沈没」(『パラオの神話伝説』所収、昭和十七年十一月五日、大和書店)という伝説を作品に取り入れている。また「夫婦」では「モゴル」という習慣(『土方久功著作集』第一巻所収「モゴル及びブロロブル」(生前未発表)を参考か)が描かれている。

(12) 昭和十六年十二月十九日付の中島敦「南洋の日記」に「夜、土方氏方に到り、南方離島記の草稿を読む、面白し。「プール島(人口二十に足らず)に、パラオより流刑に会ひし無頼の少年あり、奸譎、傲岸、プール島民を頤使す、已に半ばパラオ語を忘る。この少年の名をナポレオンといふと」」とある。

「南島離島記」には「此の遠いパラオの小ナポレオンが、只一人この様な離島に居る理由が、また香ばしくないのであって、この、まだ公学校も卒業しない少年が、警察の手にもおえない悪性の窃盗常習の故を以て、この二百哩も離れた、人口十八、九名の離島に流刑に処せられているのである。(略)他の人達には彼はワカラナイを連発しながらも兎も角日本語でやっているのである。するとパラオ語を使われると、ずっと気楽にはなるらしい。と同時に気楽になればプル語が口をついて出るらしい。それにしてもたった二年ばかりの間に、生まれてから十年間も、それに親しみ、その中にのみ暮した自分達の言葉を、そんな風に忘れてしまう――のではあるまいが、話しにくくなってしまうと云うことが有り得るだろうか。多分それは有り得るのだろう。」との記載がある。

(13) 発表は昭和十八年一月「新創作」第五巻第一号。

第二章　中島敦〈南洋行〉と大久保康雄「妙齢」

〈南洋行〉の最中、中島は南洋庁職員・竹内虎三と懇意になる。

昭和十六年十月一日付の中島の書簡に竹内虎三の名前が初めて登場する。竹内が「一昨年、「風と共に去りぬ」の訳者、大久保康雄を案内して、マーシヤルの離島に行つた」こと、そして大久保康雄が「竹内氏が話した材料で作品を書いたことを知った中島は、「田中西二郎が送ってくれた小説の本に、大久保康雄の南洋の小説が二つあった」ことを思い出し、タカ夫人に「あの本二冊（三冊の中、なかを調べて見るんだぜ、大久保康雄のがあるかどうか）（マチガヘテ、風と共に散りぬ（ママ）を送つちや駄目だよ。「妙齢」つていふ、田中の送つて来たヤツだよ）送つてやつて呉れないか。」と頼んでいる。[1] つまり、昭和十四年頃に南洋群島を訪れた大久保康雄が、南洋庁職員・竹内虎三に会い、彼から聞いた話を材料に小説を書いた。中島は〈南洋行〉前に、田中西二郎経由でその小説を手にしており、南洋群島に赴任した後、竹内との出会いによってその小説（「妙齢」）のことを思い出す。そこで竹内に読ませたいと考え、タカ夫人にその小説を送るように依頼しているのである。夫人に大久保「妙齢」を南洋へ送るように頼んだ中島は「頼むよ。僕は、この竹内つていふ男が好きなんだよ」と書いており、竹内への好意から「妙齢」を読ませてあげたいと考えていたと推測できる。少なくともここで、中島が「妙齢」という書籍を、好感を持っていた人物――竹内虎三――に与えるに相応しいものだと判断していたといえるだろう。

本章では、中島の書簡に現れる、大久保康雄の小説、「妙齢」が具体的に何を指すのかについて、大久保の〈南洋行〉の詳細などを呈示しながら、解明していく。

1　大久保康雄と〈南洋行〉

昭和八年十一月に南洋庁から発行された「南洋庁広報」第二百六十二号に、はじめて竹内虎三の名は登場する。同誌掲載の人事録によると、「給月報六十円」で「拓殖課」勤務を命じられている。当時発行された議員録によると、竹内はその後、パラオやトラック島勤務を経て、中島と出会った際にはヤルート島の役人であった(2)。竹内の人柄については、高宮久太郎『南洋景観』(昭和十五年十二月十五日、八雲書院)に「人の和と言へばそれは酋長制度です」と語る人物として登場するように、どうやら役人でありながら、日本の委任統治以前から行われていた、「島民」たちの制度をも認める人物であったらしい。中島敦の書簡では「腹を立てゝ、内務部長に「マタ、ゲッキフ、アゲヌ。バカヤラウ」と電報を打ったので有名な男だ」と紹介され、「一緒に、役人といふもの(殊に南洋庁の役人)を痛快な程、罵倒した」とある。また、昭和十六年九月二十九日付の日記には、「今日半日、竹内虎三氏と語り、頗る愉快なり。南洋庁には珍しく気骨ある男なり」とあるように、中島が竹内に興味を抱いたのは反骨精神旺盛な、南洋庁職員らしくない点であったといえる。竹内は「島民経営に「楽しき熱意」を抱けるもの」であり、「ヤルート島民楽団を率ゐ、諸離島を巡遊の予定」を持つ人物である。こうした竹内の〈南洋〉での在り方を、中島は「夢の国の物語」「スティヴンスンやロティの世界」のようだ、と語っている。さらに、昭和十六年十月一日付の中島タカ宛書簡でも同じように、「スティヴンスンの南洋」と竹内が結び付けられて語られ、「竹内氏も日本人よりは島民が好きだといふし、島民も竹内氏が好きらしい」と、「島民」寄りの人物として中島は竹内を捉えているようだ。

一方、大久保康雄は明治三十八年生まれ、「風と共に去りぬ」の訳で一躍有名になった翻訳家である。大久保が植民地下南洋群島に渡ったことは近年まであまり知られておらず、『孤独の海』（昭和二十三年十二月八日、仏蘭西書院）という、「比較的長期、南洋群島に滞在したことを窺わせる」[3]ような小説を著したことだけが、大久保の〈南洋行〉を推測出来るものとなっていた。実際はどうだったのか。当時、大久保の翻訳活動の拠点だった、「作品ヂヤーナル」に大久保康雄の〈南洋行〉の実際が詳細に記載されている。「作品ヂヤーナル」編集長、藤岡光一の執筆によるもので、「大久保康雄氏はさきの「台風」及び今度の「暗黒の河」（共に南海もの）を訳了されたので、すつかり南海に魅せられてしまひ、本二十六日横浜解纜の横浜丸で南洋のわが委任統治領へ半年の予定で旅立たれました」（「作品ヂヤーナル」第七号、昭和十四年五月）、「「風と共に去りぬ」「台風」でお馴染みの大久保康雄氏は、四月末わが南洋群島委任統治領へ旅立たれましたが、土人のような南洋焦げの顔に、豊富な材料を仕入れて七月七日めでたく帰朝されました」（「作品ヂヤーナル」第十号、昭和十四年八月）との記載から、大久保康雄が昭和十四年四月二十六日より同年の七月七日まで〈南洋〉に滞在していたことがわかる。また「読書と人生」第二巻第七号（昭和十四年七月）には、大久保康雄が自らシャッターを切った写真が掲載されており、それらの写真から、少なくともトラック、ヤルート、サイパンは訪れたことが窺える。[4]当時、サイパンかパラオを通らずには「絶海の孤島」といわれるような〈南洋〉の土地には行けなかった。[5]大久保も、おそらくサイパンから訪れたのだろう。大久保が撮った写真には「サイパン島のスナップ」もある。

しかし、大久保が撮影したのは、ヤルート及び、カナカ族を撮った写真が大半を占める。当時、〈南洋〉には「カナカ族」と「チャモロ族」とが存在しており、この二つの民族はかなり隔たった文化レベルだとされていた。

たとえば、『委任統治南洋群島　前篇（「外地法制読」第五部）』[6]には、「チャモロ族は白人とカナカ族との混血であるといわれ（略）容ぼう風姿は幾分カナカ族よりも優れている。」とされ、一方、「カナカ族は（略）一般に皮ふが暗褐色又は黄褐色で頭髪はかなり黒く、中には少し縮巻するものもあり、眉毛は密集して太く、眼窩は落ち、鼻翼が広く、口も大きく唇も厚いが鬚髯は多くない。」とある。

このように、「カナカ族」は、〈未開〉と強く結び付けられていた。ここから、「カナカ族」を多く撮影した大久保が〈南洋〉に求めていたものは〈未開〉であったということがわかるだろう。

そもそも、大久保康雄はなぜ〈南洋行〉を行ったのだろうか。前掲した藤岡光一の証言によると、「「台風」及び「暗黒の河」訳了がきっかけ」だということである。その『台風』への、大久保自身の「訳序」（「作品ヂヤーナル」創刊号、昭和十三年十一月）からは、大久保が「原始的愛欲の荒々しさと、むき出しにされた人間性への肉迫」を「台風」に見出している様が窺える。また、ノードホフ・ホール共著『台風』（昭和十三年十二月二十七日、三笠書房）「訳序」では、大久保がこの作品から「絶海の孤島に住む未開の土人（島民）に対する作者達の限りなき愛と理解」を読み取り、「文明に対するはげしい嫌悪の反作用」から〈南洋行〉を行ったとする「ゴオガン」を否定的に取り上げることにより、「台風」の著者を肯定する。その違いは、大久保によると、「白人と土民とを「対蹠的に」は描かない点で、「土人の習性を理解し、彼等の性情を愛し、彼等の素朴なる人間性に敬意を払つてゐる」というあり方にあるらしい。

大久保は後に書籍として出版された『台風』（昭和十六年十一月十八日、三笠書房）の「編集後記」でも、「南海の孤島に住む未開の土人にたいする作者たちのかぎりなき愛と理解」に触れ、「わたしは、一昨年の春から夏にかけて約四ヶ月ほど、南洋の島々を旅してあるいた。（略）日本人の一人もゐない部落で、土人の小屋に泊り、土人とおなじものを食べ、土人とおなじやうな生活もしてきた。その結果、わたしの南洋に対する関心は、もはや関心などといふ言葉でよばれうるほど生やさしいものではなくなつてしまつた。」と記している。

つまり、大久保にとっての〈南洋行〉は〈文明〉を「対蹠的」に見るために行くものではなく、「島民」に寄り添って、「土人」と同じような生活を送り、「限りなき愛と理解」をもって「島民」を諒解しようとするものであった。それはおそらく、竹内虎三の〈南洋〉でのあり方に近しいものであったのだろう。

2　大久保康雄〈南洋もの〉の紹介

では、大久保の著した〈南洋もの〉とはどういった作品であったのか。

「作品ヂヤーナル」の発行元は三笠書房である。従って、大久保は三笠書房関連の雑誌に〈南洋もの〉を掲載しただろうことが推測出来る。大久保は当時、編集委員として活動していた、三笠書房発行の雑誌「文庫」に〈南洋もの〉を掲載している。第二巻第八号（昭和十七年八月）には「月と證券」を、第二巻第十一号（昭和十七年十一月）には「海松」を、第三巻第十号（昭和十八年十月）には「憶えてゐるがかなしかりけり」が掲載されている。ただし、いずれも昭和十七年以降の作品であり、中島が読んだ「妙齢」ではないことは確実である。中島が〈南洋〉に旅立つ昭和十六年六月までに大久保が書いた作品のいずれかを「妙齢」と想定せねばならない。

これまで、昭和二十三年十二月八日に仏蘭西書院より刊行された『孤独の海』が、大久保康雄の最初の著作だとされてきた。たとえば、アジア太平洋資料室館長である山口洋兒は『日本統治下ミクロネシア文献目録』（平成十二年九月、風響社）の中で、「実は戦時中（昭和一七、八月頃か）に第一版が『妙齢』という書名で発行されているらしい。このことは中島敦の書簡集の中にあり、当時、南洋庁の職員に案内されてマーシャル群島を訪れた際、ヒントを得て創作されたものと言及されている。しかし、発行所、発行年月日などは不明である。遺族や研究者に問い合わせてみたが誰も知らないということである。」としている。「妙齢」という書名が何を指すかは、『大久保康雄翻訳著作目録』（平成二年一月十二日、大久保康雄翻訳著作刊行会）にも掲載されておらず、明らかではない。

短編集『孤独の海』には、「孤独の海」「花奔幻想」「海松」「月と証券」「黒い熱帯魚」「スコール」「海と椰子との間」の七作品が収録されている。『孤独の海』には帯が付いており、その文面から「本邦最初の本格的エキゾチシズム文学」として売り出されていたこと、また裏帯に記された竹内道之助の解説から「作家としての大久保康雄は今日まで殆ど陽の眼をみなかつた」こと、そしてこの『孤独の海』が「処女小説集」ということがわかる。ここで一つの推測が可能になる。昭和二十三年に出版された書籍が「処女小説集」ということは、中島の書簡にあった、昭和十六年以前に書かれた大久保康雄の「妙齢」二冊は、大久保の「小説集」という形式を持っていなかったのではないか、ということである。そして、中島の書簡にあった「あの本二冊（三冊の中、なかを調べて見るんだぜ、大久保康雄のがあるかどうか）」という言葉も、「妙齢」が個人著作集ではなく、共同著作物に掲載された作品であることを示しているのではないだろうか。

そこで注目したのは、「文庫」第二巻第八号（昭和十七年八月）の「編集後記」に記された、「創作欄は特に新人、五氏の小説を輯めて堂々の陣を張りましたが、いづれも霜月会の会員で、鏘々たる顔振れであります」との記述である。五氏とは、大久保康雄、竹内道之助、廣瀬進、小出節子、國谷順一郎のことである。竹内道之助とは、三笠書房元社長であり、別名を藤岡光一と号していた。(7) また、廣瀬進は三笠書房総務部長である。(8)

霜月会とは、大久保康雄、竹内道之助、廣瀬進などを会員とした同人組織。刊行物としては『七人集』（昭和十六年十月七日）、『山海集』（昭和十七年一月十八日）、『緑人集』（昭和十七年四月十八日）、『沐雨集』（昭和十七年七月十八日）の四冊が挙げられる。いずれも同人の合集である。大久保は『七人集』に「アモツク島日記」、『山海集』に「アモツク島日記二」、『沐雨集』に「椰子と海との間」の三作品を掲載している。霜月会の発行者は廣瀬進。前述したように、廣瀬は三笠書房総務部長であったことから、おそらく三笠書房と深い関係を持つ同人組織であったと推測出来

【図1】『小説集　年輪1』

【図2】『小説九人集』

る。三笠書房は、戦後に至るまで大久保康雄著作の大部分を刊行しており、霜月会刊行の同人集に大久保〈南洋もの〉が掲載されているのも納得がいく。しかし、『七人集』の刊行は昭和十六年十月であり、中島が〈南洋行〉前に眼にすることは不可能であった。

霜月会以前に大久保が所属していた同人組織として、霜月会同様、廣瀬進を発行者とし、同人もほとんど同じメンバーである妙齢会がある。[9] 妙齢会は『小説集　年輪1』（昭和十五年六月三十日）、『短編八人集』（昭和十五年十月十四日）、『小説九人集』（昭和十六年一月十一日）、『作家を描いた短編七つ』（昭和十六日五月五日）を刊行している。そのうち、大久保は二篇の小説を載せている。一つは、昭和十五年六月三十日に発行された『小説集　年輪1』（【図1】）であり、もう一つは、昭和十六年一月十一日に発行された『小説九人集』（【図2】）である。それぞれ、『小説集　年輪1』には大久保康雄「島妻」が、『小説九人集』には大久保康雄「流木」が掲載されている。繰り返すが、何れも妙齢会発行である。

つまり、中島の言う、大久保康雄の「妙齢」二冊とは、

「島妻」と「流木」が収録された『小説集　年輪1』『小説九人集』（「妙齢会」発行）ではないだろうか。そもそも前掲した『孤独の海』の裏帯に同書を「処女小説集」と記した竹内道之助が「妙齢会」同人であることも、一連の事実を示しているように考えられる。

中島敦が読んだ大久保康雄の「妙齢」とは、妙齢会発行の合集に掲載された、大久保康雄「島妻」「流木」と認めてまちがいないだろう。

注

（1）昭和十六年十月一日付、中島タカ宛書簡に以下の記載がある。

ヤルート滞在中、一人の役人と仲良くなつた。竹内といふ、実に気持の良い男。僕より三つ四つ年上だが、上役と衝突ばかりしてそのため出世できないでゐる男だ。男前もいいし（?）、頭もハツキリしてると思ふが、頭のハツキリしてることは、役人（小役人）として一番、出世の邪魔になることらしい。余り昇給させないので、腹を立て、、内務部長に「マタ、ゲツキフ、アゲヌ。バカヤラウ」と電報を打つたので有名な男だ。此の男と仲良くなつちまつて、今日は、この人の家で朝食を食べた。一緒に、役人といふもの（殊に南洋庁の役人）を痛快な程、罵倒した。さて、それから、色々話してゐる中に、「自分は一昨年、「風と共に去りぬ」の訳者、大久保康雄を案内して、マーシャルの離島に行つた」と言出した。お前、おぼえてるかい？　田中西二郎が送ってくれた小説の本に、大久保康雄の南洋の小説が二つあったことを。あれは皆、この竹内氏が話した材料なんだとさ。尤も、当の竹内氏は大久保康雄の小説を読んではゐないんだがね。それでね、あの小説を竹内氏に読ませてやりたいと思ふんだがね、決して急ぎは、しないから、何時でもいい、ヒマな時に、あの本二冊（三冊の中、なかを調べて見るんだぜ、大久保康雄のがあるかどうか）（マチガヘテ、風と共に散りぬを送つちや駄目だよ。「妙齢」つていふ、田中の送つて来たヤツだよ）送つてやつて呉れないか。宛名は、南洋群島ヤルート島。〔ジャポール。〕ヤルート支庁。竹内虎三様」書留になんか、する必要はないよ。急ぐ必要もないぜ。頼むよ。僕は、この竹内つていふ男が好きなんだよ。どうして、こんな竹を割つたやうな気性の男が、人から憎まれるのかなあ。

（2）竹内虎三の名前が記載された資料は管見の限りでは、以下の通り。
「南洋庁広報」第二百六十二号（昭和八年十一月、南洋庁）に於いて、「給月俸六十円」で「拓殖課」勤務を命じられている。『日本の南洋群島』（昭和十年十二月二十五日、南洋協会南洋群島支部）には南洋庁の職員「パラオ・採鉱所」の項に名前がある。「南洋群島」第三巻第一号（昭和十二年一月、南洋協会南洋群島支部）の「地方課」の項に名前がある。『旧植民地人事総覧　樺太・南洋群島編』（平成九年二月二十五日、日本図書センター）、昭和十三年一月一日の項では「トラック支庁」、昭和十三年七月一日の項では「ヤルート支庁」、昭和十六年七月一日の項では「ヤルート支庁」に名前がある。『南洋年鑑（昭和十六年度版）』（昭和十六年九月一日、海外研究所）、昭和十六年四月時点での職員録に名前がある。

（3）岡谷公二「中島敦　南洋行の背景」（川村湊編『中島敦』所収、平成二十一年一月三十日、河出書房新社）

（4）大久保撮影の写真は「南洋島めぐり」という総題を持つ。それぞれ「一　カロリン群島トラック島の女」「二　カロリン群島トラック島マングローブの叢林に於ける蟹取り」「三　最も典型的な低叢島の一つマーシアル群島のアイルツク島」「四　カナカ土人のカヌー競争」「五　ヤルート島カナカ族の現代風俗」「六　ヤルート島の外海岸」「七　サイパン島のスナップ」「八　マーシアル群島」「九　カヌーの行先は…」というタイトルが付けられている。

（5）南洋協会南洋群島支部編『日本の南洋群島』（昭和十年十二月二十五日、南洋協会南洋群島支部）によると、内地群島間の郵船航路は「東廻」「西廻」「東西連絡」「サイパン」の四航路であり、いずれもパラオかサイパン経由であった。

（6）外務省条約局法規課編『委任統治南洋群島　前編（「外地法制読」第五部）』（昭和三十七年十二月、外務省条約局法規

課）にまとめられている。「委任統治制度の法律上の性質、日本の施政の実際等に関する資料を集め、法制誌本位にとりまとめたもの」である。

（7）日外アソシエーツ編『日本著者名・人名典拠録』（平成元年九月二十二日、株式会社紀伊國屋書店）

（8）日本著作権協議会編『文化人名録（昭和二十八年版）』（昭和二十八年十二月、日本著作権協議会）

（9）妙齢会は、大久保康雄、大木雄二、高木秀夫、竹内道之助、田島操、中村能三、窪川徳郎、工藤紫郎、山本田鶴子、小出節子、近藤一郎、澤谷伊三郎、宮西豊逸、廣瀬進を会員とする。

※大久保康雄〈南洋行〉〈南洋もの〉、中島敦〈南洋行〉〈南洋もの〉対照表

	大久保康雄	中島敦
昭和十四年	四月二十六日～同年七月七日〈南洋行〉	
昭和十五年	六月三十日「島妻」（『小説集　年輪1』妙齢会）	
昭和十六年	一月十一日「流木」（『小説九人集』妙齢会） 十月七日「アモック島日記」（『七人集』霜月会）	六月二十八日～翌年三月十七日〈南洋行〉
昭和十七年	一月十八日「アモック島日記二」（『山海集』霜月会） 七月十八日「椰子と海との間」（『沐雨集』霜月会） 八月「月と証券」（「文庫」） 十一月「海松」（「文庫」）	二月「旅の手帖から」（「南洋群島」、三好四郎の名で掲載） 三月「章魚木」（「南洋群島」、三好四郎の名で掲載） 十一月十五日『南島譚』今日の問題社

第三章　大久保康雄〈南洋行〉——中島敦との接点を中心に——

翻訳家大久保康雄、作家中島敦、二人を繋ぐものは〈南洋〉、一九二〇年のヴェルサイユ条約締結により日本の委任統治領に置かれたミクロネシア三群島（マリアナ、カロリン、マーシャル）である。

本章では、先行研究を受け継ぎつつ、従来触れられなかった大久保康雄の〈南洋もの〉について考察を加えることで、大久保にとっての〈南洋行〉がどういうものであったか意義付けたい。

また、大久保と中島と結びつけた作品（大久保「島妻」「流木」）を通し、中島の〈南洋もの〉を再考することを目的とする。

1　大久保康雄とノードホフ&ホール

大久保康雄。明治三十八年茨城生まれ。『風と共に去りぬ』の翻訳で一躍有名になった。三笠書房社長であった竹内道之助と親しく、三笠書房といえば大久保康雄、といった紹介が紙面でなされるほど[1]、三笠書房と密接な関係を築いていた人物である。昭和十年代においては、大久保の翻訳物のほとんどが三笠書房の発行であった。昭和十二年十一月十日に発行された『わが闘争』（ヒトラー著）に始まり、昭和十七年までに発行された大久保康雄の翻訳

【図1】ノードホフ、ノーマン・ホール著・大久保康雄訳『暗黒の河』（昭和14年5月10日、三笠書房）

書籍三十冊のうち、二十九冊が三笠書房から発行されたものである。[2] 現在まで、大久保康雄は翻訳家としてのみ知られてきたといってもいいだろう。

　だが、実際には「未開のアメリカ文学開拓者でなほ創作家志望を棄てぬ純情な文学青年」[3]といった紹介文も見られるように、「創作家志望」としても認識されていた。大久保の創作は、「大久保氏の近頃の作風は南方ものの創作に新方面を開拓され、その成果は一作ごとに注目を惹いてゐる。」（「文庫」第二巻第十一号、昭和十七年十一月）とあるように、〈南洋もの〉を中心としている。管見の限りではあるが、「文庫」に掲載された「ふきぶり」「二つ殴られる」以外の創作は〈南洋〉を舞台にしたものである。

　前にも引用した、藤岡光一「編輯ノート」（「作品ギャーナル」第七号、昭和十四年五月）には、「大久保康雄氏はさきの「台風」及び今度の「暗黒の河」（共に南海もの）を訳了されたので、すつかり南海に魅せられてしまひ、本二十六日横浜解纜の横浜丸で南洋のわが委任統治領へ半年の予定で旅立たれました。写真班を伴つて小生も埠頭まで見送りに行きましたが本誌読者諸氏に呉れぐれもよろしく、いづれ帰朝の際にはノードホフ&ホール以上の南海ものをお土産に再び諸氏にまみえたいとの伝言でした。」とある。また、横浜丸の甲板で微笑む大久保康雄の写真も残っている（【図1】）。[4] その『暗黒の河』「序」に大久保は、「昭和十四年四月二十四日」の擱筆日を記した上で、「私はいま「南海の島々」に旅立たうとしてゐる。マーシヤル諸島から、ジヤバ、スマトラ、ニユーギニア、更に出来るならばタヒチまで行きたいと望んでゐる。さきに「台風（ハリケーン）」を紹介し、今またこゝに「暗黒の河」を読了するに及んで、私の南海に対する興味はもはや単なる興味以上のものとなつてしまつたのだ。私の胸は、少年のやうに、熱帯の海面に点々と散在する島々への憧れにふくらんでゐる。横浜出帆を明後日に控へて、私の想念は、落着かなく南十字星の彼方にばかり走つてゐる。日本ともしばらくのお別れだ。読者諸君と相見えることが出来るのも、おそらくは早くて六ヶ月の後であらう。ではご機嫌よう。」との文を置いている。[5] 大久保の〈南洋行〉が当初「六ヶ月」の予定であったことがここでわかる。大久保は〈南洋行〉後、「わたしは、一昨年の春から夏にかけて約四ヶ月ほど、南洋の島々を旅してあるいた。（略）日本人の一人もゐない部落で、土人の小屋に泊り、土人とおなじものを食べ、土人とおなじやうな生活もしてきた。その結果、わたしの南洋に対する関心は、もはや関心などといふ言葉でよばれうるほど生やさしいものではなくなつてしまつた。」（『台風』昭和十六年十一月十八日、三笠書房）と記してもいるが、前述したように、実際には三ヶ月に満たない間の〈南洋行〉であった。

【図2】「一　カロリン群島トラツク島の女」（「読書と人生」第二巻第七号、昭和14年7月）

「読書と人生」に掲載された、大久保の手によるスナップ写真「南洋島めぐり」は、「一　カロリン群島トラツク島の女」「二　カロリン群島トラツク島　マングローブの叢林に於ける蟹取り」「三　最も典型的な低叢島の一つ　マーシアル群島のアイルツク島」「四　カナカ土人のカヌー競争」「五　ヤルート島カナカ族の現代風俗」「六　ヤルート島の外海岸」「七　サイパン島のスナツプ」「八　マーシアル群島」「九　カヌーの行先は…」の九点ある。「マーシヤル諸島から、ジヤバ、スマトラ、ニューギニア、更に出来るならばタヒチまで行きたい」とあったが、〈南洋行〉期間の短縮に伴って、「ジャバ、スマトラ、ニューギニア」まで足を伸ばすことは出来なかったらしい。「一　カロリン群島トラック島の女」は、裸の〈南洋女性〉の写真である（【図2】）。このように、裸の〈南洋女性〉の姿は最も、〈南洋〉を訪れた日本人によって取材対象とされた存在であったが、大久保によるスナップ写真に特徴的なのは、島の外観を撮ったものが多いことである。「三　最も典型的な低叢島の一（ご）で想起されるのは、『台風』の舞台、「マヌクラ島」であろう。前述したように、大久保の〈南洋行〉の契機は「『台風』及び今度の『暗黒の河』」を訳了したこととあった。『台風』『暗黒の河』はアメリカで活躍した作家、チャールス・ノードホフ（一八八七～一九四七）と、ジェームス・ノーマン・ホール（一八八七～一九五一）の共著である。少し長くなるが、大久保康雄自身による『台風』『暗黒の河』作者紹介を載せる。[6]

一九二〇年には、二人で揃つてタヒチに渡り、二人とも土人の女と結婚し、二人とも子供を設けた。こゝで思ひ出すのは、フランス画壇の変り種、「タヒチの画家」と云はれたポール・ゴオガンのことである。（略）彼のタヒチ紀行「ノア・ノア」を読むと、彼がいかにタヒチの自然と人間を深く愛してゐたかゞよくうかゞはれる。だが、彼のその愛情は、文明に対する彼のはげしい嫌悪の反作用であつた。即ち彼は、「腐敗した文明人と、素朴でブリュタルな未開人とを対蹠的に描かう」としたのである。しかし、ノードホフとホールは、ゴオガンとちがつて、決して、白人と土民とを「対蹠的に」は描いてゐない。この小説に登場する白人は、みな、土人の習性を理解し、彼等の性情を愛し、彼等の素朴なる人間性に敬意を払つてゐる作家達自身の如き人達ばかりだ。

また、「これらの諸作を通じて、その底に一貫して流れてゐるのは、この絶海の孤島に住む未開の土人（島民）に対する作者達の限りなき愛と理解である」と書く。大久保の理想とする「南海もの」は、「土人の女と結婚」するなどして〈南洋〉に住むことで、「土人の習性を理解し」、「土人（島民）に対する」「愛と理解」を持った作家が、「美しくも冷酷なる大自然の猛威を背景に、原始的愛欲の荒々しさと、むき出しにされた人間性への肉迫[7]」を描くことだといえるだろう。

『台風』「編集後記[8]」において大久保は、「向うで生活してくるにおよんで、いよいよどうにもならない南洋マニアになつてしまつた」と記しており、大久保にとっての〈南洋行〉は、それ以前に想定したものとさほど落差がなかったものと推測出来る。

そのことを示すように、戦後、昭和二十三年に出版された『孤独の海』の表題作、「孤独の海」は、『台風』からの影響を如実に示し出す作品である。『台風』は、猛烈な台風と、その台風に抗う「島民」と「白人」の物語であり、短篇「孤独の海」も、激しい台風と、その台風に遭遇する「島民」と「白人」の物語である。設定やプロットだけではなく、語り手が実は過去の話の中心人物であったという、物語のオチまで一致している。

一方の『暗黒の河』は、「この作品の「台風」と異るところは、全篇猛烈なラヴ・ロマンスに彩られてゐるといふ点である。」「男と女の赤裸々な「恋」のすがただ[9]。」と言うように、〈南洋〉を舞台にした恋愛譚である。「スコール」に遭い、孤島に辿り着いた「白人」と「土人」（彼女は実は「白人」であったことが後々わかるが、互いに生存中は知らない。）との恋愛話である。〈南洋〉での「土人」女性との恋愛といった設定は、大久保「島妻」（後の「黒い熱帯魚」）と近しい。

なお、『孤独の海』に収録された短篇のうち、「花奔幻想」は「アモツク島日記」「アモツク島日記二」を、「海松」と「月と証券」はそれぞれ同名作品を、「黒い熱帯魚」は「島妻」を改稿したものである。戦中に発表されたこれらの〈南洋もの〉については第二節で述べる。『孤独の海』は戦後に発行されたこともあり、たとえば、「島妻」から「黒い熱帯魚」へは、「日本人」が「マーシャル女」を島妻に持つ話を、「ハワイの現地女性」と「ハワイ移民」との恋愛話に書き換えるなどの工夫がなされている。大久保の〈南洋行〉及び〈南洋もの〉には、明確に「ノードホフ&ホール」の「南海もの」の影響が見出せる。

2　大久保康雄〈南洋もの〉の考察

大久保康雄の〈南洋もの〉の紹介と、それらに関する考察を行っていく。

「島妻」（昭和十五年六月）、「流木」（昭和十六年一月）は、管見の限り、大久保の〈南洋もの〉第一作・第二作だが、中島敦との接点を持つ作品であり、次節で詳しく見ていくため、ここでは触れない。

大久保の〈南洋もの〉の特徴は、大きく三つ挙げられる。

一つめは、植民地政策側（南洋庁役人、以前統治していた白人など）への反感が見られること、二つめは、〈南洋〉に滞在する日本人の姿が描き出されること、そして、三つめは「ノードホフ&ホール」を理想とした、「土人の習性を理解」することに主眼を置いていること、である。

一つめは「月と証券」、二つめは「憶えてゐるがかなしかりけり」、三つめとして「アモック島日記」「アモック島日記二」「海松」「島妻」「流木」が挙げられるだろう。

まず、「月と証券」「憶えてゐるがかなしかりけり」を紹介する。

一つめの「月と証券」（昭和十七年八月）はもっとも短い小説である。パモ酋長が「イギリス銀行の証券」を大切にしているが、それは「反古同然のもの」であった。「私」は、「これを書いたイギリス人に腹が立つて」、「人間にたいする不埒な侮辱」だと感じる。しかし、「私はふいに、私もまたいつのまにかその証券に私らしい色彩のある夢をよせてゐたことに気がついた。」と締めくくられる。

二つめの「憶えてゐるがかなしかりけり」（昭和十八年十月）は、船上を舞台にしている。「私」と、「島民」たちに紛れ込み「デッキ・パッセンジャー」として滞在する「父子づれの日本人船客」との交流を描いた作品である。「南洋庁役人」が、「なんにしても、あんな恰好をして、このへんをうろうろされてはこつちが迷惑しますよ。日本人の面汚しです」と、苦々しげに言い放ったことに、「私」は、「いやな気持ち」を覚える。「南洋庁役人」に「いやな気持ち」を抱くと明記されるこの作品は、一つめの特徴にも当てはまるものだろう。

三つめの「土人の習性を理解」することに主眼を置いた作品に関して以下、詳しく見ていきたい。

「アモック島日記」（昭和十六年十月）、「アモック島日記二」（昭和十七年一月）に、「ある女宣教師の手記」の副題を持つ作品で、「アモック島日記」は末尾に「未完」とあることから、どうやら一度「未完」のまま掲載した作品を、あとから「アモック島日記二」という形で書き継いだらしい。「七月二十日　大きい。まるで山のやうに、どつしりと海に根を生やしてゐて…」と始まるように、物語は「七月二十日」から「八月二十日」までの一ヶ月間、「女宣教師」である「わたし」による手記形式で進んでいく。「わたし」は、「人に知られぬこの熱帯の孤島に埋れて、島の人々に神の道を説かうと覚悟」して〈南洋〉にやってくる。「わたし」はそこで、「島の人々」に日本語を教える授業を受け持つ。「わたし」と、「日本語にかけては、おそらく生徒の中でも一番でせう」と評されるカピアという「女生徒」との交流が中心に描かれていく。

日本語を流暢に操るカピアは、しかしながら、「床下に寝る」という「マーシャル土人」の習慣を、決して止めない。「わたし」が「やさしく声をかけて」も、「たのむやうな調子ですすめ」ても、「頑固にいやがるカピアを、まるで引きずるやうに家の中につれこんできて」も、翌朝にはカピアは床下から顔を出す。習慣や風習の違いが明確に存在する両者が描かれる。そうした「わたし」とカピアとの交流の断絶は、カピアの恋愛によって引き起こされる。

わたしは見てしまつただのだ。あの男の眼を。教室でわたしを眺めまはしてゐるときとそつくりのテムチの眼を。それから、その他のすべてを。下劣なけだものの悪戯を。黒い人魚のやうに、水にぬれて滴をぽたぽた垂らしてゐるカピアの肌の上に、葉陰をもれた光線が、ちらちらと光る斑点を描き出してゐたことまでも、わたしは、この眼で、汚れを知らぬこの眼で、はつきりと見てしまつたのだ。それにしても、相手があのカピアとは。十四歳の少女、カピア。日本語のよくできるカピア。説教の通訳をしてくれるカピア。日夜わたしと同じ部屋に起き臥ししてゐるカピア。ああ、何といふ醜態。何といふきたならしさ。何という恥知らず。ああ、何といふ……無智、無恥、野蛮人、けだもの、野獣、豚、虫けら、うぢ虫。

カピアと、「マーシヤル土人」テムチとの関係を見た「わたし」は、彼女たちの行為を「無智」であり「野蛮人」であると断罪する。それを、他の誰でもなく、「日本語のよくできるカピア」が行ったということが「わたし」には許し難いことなのである。「汚れを知らぬ」「私」と、「野蛮人」であるカピアやテムチというように対比的に描かれ、〈文明〉化するために日本語の授業を持ち、宣教してきた「わたし」にとって、「日本語のよくできるカピア」が、〈南洋〉の「野蛮人」でしかなかったことは、大きな衝撃となる。その認識を転回させるのは、「猛烈なスコール」である。作品内で「スコール」は、「島民」の「迷信」として描かれる。「解熱には、スコールの水を浴びるのが、いちばん効目があるといふ迷信すらもあるさうで、そのため、高熱を出してうなつてゐるやうな病人までが、スコールがくると、雨のなかへ飛びだしてゆく」などと語られる。「わたし」は、「猛烈なスコール」に遇い、

「からだの苦痛が加はれば加はるほど、皮膚の内側についてゐる醜い泥が流されてゆくかのごとく信じ、その信じ方に、わきめもふらずもすがりついてゐたやうであつた。わたしは、わたしのからだにひそんでゐる汚れたもののすべてを、その雨で洗いながしてしまはうとでもねがつてゐたやうであつた。」と感じる。

「スコール」が病を回復させるという「島民」の「迷信」を「わたし」が信じることによって、「わたし」は、カピアを理解する。カピアとテムチの結婚を祝い、「土人」の輪の中で、「いつしか、わたしまでが、胸のなかで、かれらの唄にあふやうなリズムを勝手につくりあげては、うたひ出して」いる。「わたしは澄んだ気持で祝福をおくることができた。わたしはわたしを救はれたと感じた。」と文章は終えられる。

「わたし」は、「島民」の習慣を理解することによって、「島民」自身をも理解しようとし、そこに救いを見たといえるだろう。

わたしは、わたしと生徒たちをへだててゐるもろもろの形式をぶち壊すことからはじめよう。先生と生徒、優越民族と劣弱民族、文明と未開……さうだ、わたしはまづ文明をすてることからはじめよう。はだかになつて、かれらの中にはひりこむのだ。かれらとおなじところに寝、かれらとおなじものを食べ、かれらと同じ空気を吸ひ、かれらと同じ唄をうたひ、かれらのやうに感じ、かれらのやうに生活するのだ。

作中に出てくる「わたし」の言葉は、前掲した、大久保康雄の「日本人の一人もゐない部落で、土人の小屋に泊り、土人とおなじものを食べ、土人とおなじやうな生活もしてきた。」（『台風』昭和十六年十一月十八日、三笠書房）という発言と近しい。

「アモツク島日記」「アモツク島日記二」は、大久保の〈南洋行〉での体験を投影しながら、如何に「島民」を理解し、「島民」生活に溶け込むかということを描いた作品だといえる。

「椰子と海との間」（昭和十七年七月）は、未完の小説である。また、末尾に「作者附記」がある唯一の作品で、そこには「架空の物語り」であることが明記されている。「リキエーブ」という「マーシャル群島で唯一の混血人の島」という、実在しない島が描かれる。「いちばん「文化的」な島」であり、他者に脅かされる心配のない平和な島。「マーシャルの一孤島に、新刊の雑誌をよんでゐる人間がゐる」島。「このやうなうるはしい混血人部落が、どうしてできあがつたか。それには面白い物語りがあるのである。」と、「私」は語る。

「いまを去る六十年前、デ・ブルーム、カペレとよぶふたりの冒険ずきの若者が、偶然ホノルルで一緒になつた。ふたりは、たちまち意気投合し、未開拓の蛮地マーシャルへ遠征して南洋人との交易をひらかうと相談一決した」。島に着いた二人は、「シヤポン玉の吹きかたをおしへ、そして、その島民と仲よしにな」り、「島民たち」は、二人と懇意になったことで、彼等がもたらした交易を通して生活が豊かになる。

ある日、「ものすごい台風が襲来して、ふたりの乗つてきた帆船は岩礁にたたきつけられて、微塵に破壊されてしま」う。そのため、「ふたりは運を天にまかせて、酋長の要請をいれ、それぞれふたりの娘と結婚し」、多くの「混血児」を生み、「いまから二年前、ふたりは、八十歳以上の高齢で、申合わせたやうに、あひついでこの世を去つた。」とする。

ユートピアとして描かれる「リキエーブ」という「混血人の島」からは、大久保の「島民」生活への溶け込み方の理想が見受けられるのではないだろうか。つまり、〈文明〉をもたらすことは「島民」生活を豊かにすることであり、そしてそのやり方は「島民」と暮らすなどして「島民」生活を理解することが第一義であるという見解である。また、「一九二〇年には、二人で揃つてタヒチに渡り、二人とも土人の女と結婚し、二人とも子供を設けた」「ノードホフ&ホール」の姿がここからは読み取れる。

「海松」（昭和十七年十一月）は、旅行者「私」が、「めずらしい」「海松」を手に入れる物語である。「ヤルートにもポナペにも、椰子の葉でつくつた団扇とか、海亀の甲羅でつくつた煙草ケースとか、椰子の実でつくつたお面とか、貝の煙草盆とか、いろいろ、旅行者をめあてのお土産ものを売つてゐる店」はあるが、「海松」は「おそらくどこにも売つてゐない」と作品冒頭部で「私」は語る。それを「どうして手にいれたか」がこの物語の中心になる。「ギナンの葬儀」に立ち会った「私」は、「マーシャル人の民俗風習をさぐるのが、私の旅行の目的」であったため、「カメラをとりだし、このすばらしい材料に向つて、ピントを合わせはじめ」る。すると、「すさまじい形相をした若い女」が、「いきなり私の手にあつたカメラに躍りかかり」「傍の岩礁に力まかせに叩きつけ」る。そこで、「心の底から悲しみ歎きつつ死者をとむらつてゐるこのもつとも厳粛な場面に、あたかも見世物かなんぞのやうに平気でカメラを向ける」という「自分の軽率」さに気付いた「私」は「非礼と冒涜を詫び」、ギナンの「墓地」へ花と煙草を供える。「島民」に寄り、「島民」側の見方を得ようとした「私」に、その後ギナンの妻であったカピヤが、「ミヨカン」という「非常に貴重なもの」や、ずっとほしがっていた「海松」を「贈物」として届けてくれるという筋になる。

つまり、「私」が、一介の旅行者（植民地政策側）としてではなく「島民」の位置に立とうとしたからこそ、「旅行者をめあてのお土産ものを売つてゐる店」では決して手に入らない「海松」を手に入れることが出来たのである。

これらの〈南洋もの〉で重要視されるのは、「島民」の気持ちを如何に理解するかという問題である。くり返しになるが、それは、「ノードホフ&ホール」の「南海もの」から影響を受けたものであった。

3　大久保康雄「妙齢」の考察

前章で述べた通り、〈南洋行〉の最中、中島はヤルート島で、南洋庁職員・竹内虎三と懇意になる。昭和十六年十月一日付の中島の書簡には、竹内が「一昨年、「風と共に去りぬ」の訳者、大久保康雄を案内して、マーシャルの離島に行つた」こと、そして大久保が「竹内氏が話した材料」で作品を書いたことを知った中島が、「あの小説を竹内氏に読ませてやりたい」と思い、タカ夫人に、「大久保康雄の南洋の小説」「あの本二冊（略）（マチガヘテ、風と共に散りぬ（ママ）を送つちや駄目だよ。「妙齢」つていふ、田中の送つて来たヤツだよ）送つてやつて呉れないか。」と頼んだことが記されている。(10)

続けて、中島は「頼むよ。僕は、この竹内つていふ男が好きなんだよ」とも書いており、竹内への好意から「妙齢」を読ませてあげたいと考えていた、と推測できる。少なくともここで、中島が「妙齢」という書籍を、好感を持っていた人物――竹内虎三――に与えるに相応しいものだと判断していたといえるだろう。

中島の見た「妙齢」第一作、「島妻」は『小説集　年輪1』（昭和十五年六月三十日、妙齢会）に収録された短編小説で、「青木」という「貿易会社の社員」が、「ヤルート」の島である「アイルツク島」で、「島妻」として「マーシヤル女」であるネリーを手に入れるが、結局、彼女を置いて日本に帰っていくという物語である。

舞台は、「ただ一人の日本人として彼が住んでゐるアイルツク島は、マーシヤル群島の最東南端にポツンとうかんでゐる小島――島といふよりもむしろ点である」という場所であり、「置き忘れられたやうな絶海の孤島」という「場」をまず設定している。作品「島妻」においては、「ゴマ粒のやうな珊瑚礁」→「アイルツク島」→「小島」→「点」→「置き忘れられたやうな絶海の孤島」と、周縁の周縁である「場」を表現している。

その〈未開〉の「絶海の孤島」にいる「日本人」は青木、一人だけである。青木は閉じられた島で神経衰弱になり、その治療のために勧められて「島妻」を得ることになる。「島民」の中に「日本人」一人という設定は、半ば強制的に「島民」側に溶け込まざるを得ない状況だといえる。

青木の「島妻」となる「島民」ネリーはどのように描かれているのだろうか。

ネリーはまず「大きな海蛇」がいる「場」と結び付けられ、青木によって「海蛇のよう」「鰐のよう」「蛇のよう」、と徹底的に「人間」以外のものとして表現される。ネリーが作品「島妻」においてほとんど自らの言葉を発しない存在であることも、ネリーの〈他者〉性を強く印象付けることとなるだろう。

そして、ネリーに特徴的なのは、終始一貫して「マーシヤル女」として描かれている点である。例えば、「亭主に死に別れて一晩中泣き明した翌る朝には、もう他の男に抱かれてゐようといふ多情多恨のマーシヤル女」や、「節操のないことで艶名全南洋に轟いてゐるマーシヤル女」などの文章によって、徹底的にネリーには「マーシヤル女」イメージが付けられる。当時の「マーシヤル女」イメージとは、たとえば、〈南洋もの〉を多く著した作家、安藤盛の『南洋記』（昭和十一年八月十八日、昭森社）にあるような、「女が足らない世界でも、土人は日本人には惚れる。そして、この島の女は恋に奔放だ。（略）カナカ族の全生活といつてよい乱倫な性生活」などの言説が補強した、性に奔放な〈南洋女性〉像である。ネリーはそうした「マーシヤル女」の典型的人物として造型され、青木の船が日本へ向かうその日でさえ、「マスター、ネリーがよその男と関係してゐますよ」とボーイに密告されるような女性として描かれる。

「マーシヤルの女に貞操を守らせるのは、死ねといふにもひとしい」、「マーシヤル女」にとっては「西洋人同志の挨拶の接吻ほどの意味しかない」ことを体験上、知る青木は、「マーシヤル女らしい、その行為によつて、彼に対する彼女の誠意を疑ふわけには行かなかつた。彼は、さうしたことをきかされた今でさへ、ネリーの自分に対する愛情を疑ふ気はすこしもなかつた」と言い切る。しかし同時に、「かツと燃え上がつたあの熱いもの」「不純をゆるさぬ日本人の潔癖な感情」を抱くことになる。青木の中の「日本人」が、青木のネリー理解に影響を及ぼしていくのである。

「島妻」に描かれるのは、「マーシヤル女」ネリーと、「日本人」青木との決別である。しかし、「島妻」では、木の上に登ったネリーが、鏡を反射させることで、青木の船にめがけて光線をずっと当て続け、愛惜の思いを告げるという、ネリーの青木への深い愛を窺わせる結末となっている。ネリーと青木との恋愛は存在したと捉えることが出来るだろう。そしてそれは、「マーシヤル女らしい、その行為によつて、彼に対する彼女の誠意を疑ふわけには行かなかつた」と「島民」らしさを諒解する青木の姿からも窺うことが出来る。

次に、「妙齢」第二作、「流木」を見ていく。「流木」は『小説九人集』（昭和十六年一月十一日、妙齢会）に収録されている。「私」は「文筆家」で、南洋庁の役人である橋本と、同じく南洋庁の医者である北村と、役人嫌いで島民と寝食を共にする芸術家酒田と出会う。「私」は酒田に興味を抱き、観察していく。

場所は「島妻」と同じくヤルートの、今度は「船上」を舞台に設定している。これもまた半ば強制的に「島民」と生活をしなくてはならない「場」といえる。そして、そこで描かれる人物、「私」は「米に対する熱意を失い、パンの実などの方が口に適う」、「島民」寄りの人物として描かれる。特に、「私」が興味を抱く酒田にいたっては「日本人」がいるスペースではなく「島民」のいる甲板で寝食を共にする人物で、「私は島民が好きなんですよ、島民と一緒に生活するのが——な。単純で、素朴で、親切で……。私は役人が嫌ひなんです」と、「島民」と一緒に生活することを望む。

「島民」寄りの人物として描かれる「私」と酒田の決定的な相違点は、「芸術家」であるか否かという点である。酒田は「芸術家」としての自負が強く、「私」とはじめて対面した場面でも、「あなたも芸術家ださうですね」と押しつけるように言い、「芸術は放浪から生まれるですよ、放浪から――」と言いきる。

一方の私は同じ「芸術家」にも関わらず、「文学愛好者」を自称し「芸術家」として名乗りを上げられない。「私」は「芸術家」になりきれておらず、酒田は「純粋芸術を求めて、天涯孤独、かうして南海を放浪してゐる」人物と設定されている。

酒田にとって〈南洋〉は、「芸術的昂奮」をかき立ててくれる対象であり、〈南洋女性〉も酒田にとっては同じく「純粋芸術」の対象として捉えられる存在である。酒田は「拙輩の精神を刺激し、拙輩の芸術的昂奮を多少でもかき立ててくれる女なら、それだけで拙輩には満足なのです。」と言い、「女なんてものは、いはば刺激物ですな、肉体の刺激物で、同時に精神の刺激物――。」「日本の女なんて、もう私には、刺激にも何にもなりあしませんよ」と語る。

最終的に、酒田はトメエンという大酋長の養女イムリを手に入れる。彼女は「マーシヤルらしいマーシヤル女」と設定された人物で、「マロイラップ島において、すでに生娘ではなくなつてゐる」ことから、酒田に嫁ぐことになる女性である。

酒田は「マーシヤル女」としての〈南洋女性〉に価値を見出す「芸術家」という設定によって、「島民」に溶け込むことが可能な人物であった。

大久保康雄は〈未開〉である〈南洋〉に興味を持ち、「島民」への「限りない愛と理解」で〈南洋〉に住み続ける作家たちを評価していた。その大久保が竹内虎三から題材を貰って作品を書き上げた。当然、大久保も竹内に同種の共感を得ていたことは想像に難くない。その共感のありかとは〈未開〉の「島民」と生活を共にし、「島民」世界に溶け込もうとした点であったのではないだろうか。

大久保康雄「妙齢」二作品は何れも「マーシヤル女」と「日本人」との恋愛（「島妻」としての結婚）を主題に

したものである。しかしながら、大久保の描く「マーシャル女」は、ステレオタイプ化された〈南洋女性〉像の範疇を逃れられていなかったことも指摘出来るだろう。

4 島民世界への韜晦

中島は、基本的には南洋庁のあるパラオに滞在し、視察出張として、トラック、ポナペ、クサイ、ヤルートなどまだ〈開かれていない〉土地に出掛けた。〈南洋〉での中島は小さい島への視察出張を「私の南洋へ来た目的の第一でありますし」[11]といい、「へんぴな離れ島を知つてゐる人」の話を「特に面白い」というなど[12]、〈未開〉である〈南洋〉に興味を抱いていた[13]。

〈未開〉の地であるヤルートで、中島は「ヤルート島民楽団を率ゐ、諸離島を巡遊の予定」[14]がある竹内虎三に好感を持つ。従って、その竹内が話した材料に取材した、大久保康雄「島妻」「流木」にも似たような共感を得ていたと推測出来る。そこに描かれたのは「島民」寄りの〈まなざし〉を持ち、「島民」への「限りない愛と理解」で〈南洋〉に溶け込もうとする人物である。中島の〈南洋〉での理想のあり方も、〈南洋〉に溶け込み、「島民」寄りの生活をするといったところにあったのだろう。それは、〈南洋行〉前に書き上げた、「光と風と夢」の「スティヴンスン」に見受けられるような――「教育なき・力溢るる人々と共に闊歩」することを望み、「植民政策も土着の人間を愛することから始めよ」と考えるような――スタンスであった。「光と風と夢」では、「スティヴンスン」は、サモアの地でその生涯を終えている。こうした「島民」世界に溶け込む物語は、大久保康雄が憧れた『台風』や『暗黒の河』に近しいものといえるだろう。

また、「竹内といふ、実に気持の良い男」と竹内虎三を評価する中島は、「一緒に、役人といふもの〈殊に南洋庁の役人）を痛快な程、罵倒した[15]」と書く。

つまり、中島敦も、大久保と同じく、植民政策側（南洋庁役人）への反感を持っていたことがわかる。「風物抄」では、「公学校に着くと、背の低い・小肥りに肥つた・眼鏡の奥から商人風の抜目の無ささうな（絶えず相手の表情を観察してゐる）目を光らせた・短い口髭のある・中年の校長が、何か不埒なものでも見るやうな態度で、私を迎へた。」と、日本人である公学校の校長に対し、決して好意的とは言えない表現で描写している。

しかしながら、大久保が、「島民」世界に溶け込もうとした人物を描いたのに対し、〈南洋行〉後著された中島の〈南洋もの〉は少々、趣が違うものとなっている。

中島敦の〈南洋もの〉は、「島民」世界に溶け込もうとしながらも、決して溶け込めないことにその特徴がある。たとえば、「マリヤン」が挙げられる。「マリヤン」は、昭和十七年十一月十五日に発行された『南島譚』（今日の問題社）に収録された一篇である。作品「マリヤン」は、「私」と、「土俗学者H氏」と、「H氏」の「パラオ語の先生」であるマリヤンとの交流を描いた物語で、実在の人物マリヤに取材したものである。[16]〈南洋女性〉マリヤンは、ステレオタイプ化された「マーシヤル女」ではない。マリヤンは、性に奔放な〈南洋女性〉としてではなく、「内地人」よりも「極めてインテリ」な女性として現れる。しかしながら、マリヤンは、「ミクロネシア・カナカの典型的な顔」でありながら、「極めてインテリ」であるマリヤンの姿を、「いたましさ」の象徴として描き出す。そして、そのようなマリヤンの姿を通して、「パラオ」における「熱帯でありながら温帯の価値標準が巾をきかせてゐる所から生ずる一種の混乱」を描く。つまり書き手は「島民」世界に混乱をもたらす存在としての自己を認識していると捉えることが出来るだろう。

また、「パラオ地方の古譚詩の類を集めて、それを邦訳してゐる」「土俗学者H氏」は、第一章で紹介した、土方久功という、中島敦と現地で交流を持った彫刻家である。彼はヤップの離島サテワヌ島などに住み、各地の神話伝説を蒐集した。つまり、竹内虎三に近しい、「島民」世界に身一つで溶け込んだ人物といえる。作品内では、マリヤンに「をぢさんはそりや半分以上島民なんだから」と言われている。一方の「私」は「偏屈な性質のせゐ」で、「パラオの役所の同僚とはまるで打解けた交際が出来」ない存在である。二人とも、「内地人」の中でも特異な、「島民」寄りの人物だと言える。しかしながら、「マリヤン」の最後部は、次のように纏められている。

> H氏も最近偶然結婚（随分晩婚だが）の話がまとまり、東京に落着くこととなつた。勿論、南洋土俗研究に一生を捧げた氏のこと故、いづれは又向ふへも調査には出掛けることがあるだらうが、それにしても、マリヤンの予期してゐたやうに彼の地に永住することはなくなつた訳だ。
> 　マリヤンが聞いたら何といふだらうか？

「いづれまた秋頃迄には帰つて来るよ」という「私」に「内地の人といくら友達になつても、一ぺん内地へ帰つたら二度と戻つて来た人は無いんだものねえ」と言うマリヤン、「私」が「彼の地に永住することはなくなつた」現在が示される。

「内地」に戻って以降の「私」が物語を編み始めるのは、〈南洋〉には永住しない「内地人」という構図を示すためではないだろうか。「私」や「H氏」は、その性質ゆえに「島民」に溶け込めなかったのではなく、ふたりが「内地人」であること、その純然たる事実ゆえに「島民」とは一線を画すことになるのである。

　つまり、中島敦にとっての〈南洋行〉は、〈文明人〉であることの自覚を促すものであったといえる。その結果、〈南洋行〉前の作品「狼疾記」にあるような、「原始的な蛮人の生活の記録を読んだり、その写真を見たりするたびに、自分も彼らの一人として生れてくることは出来なかつたものだらうか、と考えたものであった。確かに、とその頃の彼は考えた。確かに自分も彼ら蛮人どもの一人として生れて来ることも出来たはずではないのか？　そして輝かしい熱帯の太陽の下に、唯物論も維摩居士も無上命法も、ないしは人類の歴史も、太陽系の構造も、すべてを知らないで一生を終えることも出来たはずではないのか？」といった、「原始的な蛮人」の世界に溶け込むことへの憧れといったものは、〈南洋行〉後の小説からは窺えなくなっていく。

中島敦にとっての〈南洋〉は、〈南洋行〉前に想起した姿とは異なっていたと捉えることが出来るだろう。そしてその違和感が、〈南洋もの〉を生んだと考えられるのである。

注

（1）昭和二十五年七月十九日付、「読売新聞」夕刊に、「三笠書房にはアメリカ文学のベテラン大久保康雄がおり」とある。

（2）昭和十七年十月二十日に発行された『南の青春（スマトラ開墾記）』（スーラロウ・セーケイ著）までの三十冊。

（3）無署名「現代日本の人物事典」（「自由国民」特別号、昭和二十六年三月）

（4）「長篇小説ベスト・テン　月報No.1」（ノードホフ、ノーマン・ホール著・大久保康雄訳『暗黒の河』昭和十四年五月十日、三笠書房）

（5）大久保康雄「序」（『暗黒の河』昭和十四年五月十日、三笠書房）

（6）大久保康雄「訳序」（『台風』昭和十三年十二月二十七日、三笠書房）

（7）大久保康雄「訳序」（「作品ヂャーナル」創刊号、昭和十三年十一月）

（8）大久保康雄訳『台風』（昭和十六年十一月十八日、三笠書房）

（9）注（5）に同じ。

（10）第二章注（1）を参照。

（11）昭和十六年八月二十三日付、中島田人宛書簡。

（12）昭和十六年九月二十一日付、中島タカ宛書簡。

（13）昭和十六年十月一日付、中島タカ宛書簡。

僕は今迄の島でヤルートが一番好きだ。一番開けてゐないで、スティヴンスンの南洋に近いからだ。だが、竹内氏にいはせると、「南洋群島でヤルートが一番いい、といつたのは、あんたが始めてだ」さうだ。ヤルートは不便だ、とみんながコボスといふ。寂しいともいふさうだ。僕はまるで反対だ。

（14）昭和十六年九月二十九日付、中島敦「南洋の日記」。

（15）第二章注（1）を参照。

（16）昭和十六年十二月二十一日の中島の日記には、「食後、島民の唄（日本語と土語と交れるもの）を皆で唄ふ。今日の料理はマリヤの馳走なり。」とあり、昭和十六年十二月三十一日の日記には「夜土方氏方に到り、阿刀田氏高松氏等と飲み喰ひ語る。十一時、外に出て一同マリヤを誘出し、月明に乗じコロール波止場に散歩す、プール際にて小憩。帰途初詣の人に会ふこと多し。疲れて帰る。」とある。

第二部　中島敦の〈南洋もの〉

第四章　中島敦「真昼」論Ⅰ——〈南洋〉表象と作家イメージ——

1　〈南洋研究者〉中島敦

序章で述べたように、第一部では、〈南洋〉の詳細と、中島敦・土方久功・久保喬・大久保康雄の〈南洋行〉を中心に見ていった。第二部では、中島敦の具体的な作品を分析していく。中島には〈南洋もの〉として《南島譚》（「幸福」「夫婦」「雞」）、《環礁——ミクロネシア巡島記抄——》（「寂しい島」「夾竹桃の家の女」「ナポレオン」「真昼」「マリヤン」「風物抄」）があり、なかでも《環礁》作品群は、「私」の見た〈南洋〉との構図を持つため、中島敦の述懐を捉える作品として受け止められてきた。

本章は、《環礁》作品群がなぜ「私」の見た〈南洋〉という構図を取るのか、同時代的な中島敦像を捉え、さらには〈南洋〉表象を把握した上で検討を加える。具体的には「マリヤン」「真昼」を論の対象とする。「マリヤン」は当時の〈南洋〉表象を体現する「南洋ロマンス」を描き出しており、また、「真昼」は《環礁》での「私」を規定する作品だからである。

〈南洋もの〉を見ていく前に、第二創作集『南島譚』が出版された昭和十七年頃の中島敦の状況整理から始めたい。〈南洋行〉後に「光と風と夢」（「文学界」第九巻第五号、昭和十七年五月）、「盈虚」「牛人」（「政界往来」第十三巻第七号、昭和十七年七月号）が続々と発表されるなど、昭和十七年の中島敦は今後を期待された新人作家であった。

作家「中島敦」が認識されたのは、「文学界」に掲載され、芥川賞最終候補作となった「光と風と夢」に拠るところが大きい。『宝島』の作者、R・L・スティーヴンソンのサモアでの生活を描いた作品である。「光と風と夢」は、川端康成編『日本小説代表作全集　昭和十七年度前半期』（昭和十八年一月二十日、小山書店）にも採録された事実から、当時一定の注目を集めた作品だったと推測できる。たとえば、「「光と風と夢」の一作によつて、新人群の第一線に大きく浮び上つた著者[1]」との評価がある。『南島譚』が刊行された頃には、「光と風と夢」の作者「中島敦」として認識され、文壇に期待されていた。そこで、「光と風と夢」の同時代評を見ることで、作家「中島敦」がどのように受取られていたのか、検討したい。

久米正雄は「芥川賞選評」で、「吾が南方研究者[2]」として紹介する。それは、「光と風と夢」が掲載された「文学界」の編集者であった河上徹太郎が、中島を「南洋で公務を執る傍ら、博覧強記の読書家[3]」と紹介したことに起因している。実際は、「光と風と夢」は〈南洋行〉前に書き上げられた作品であり、「南方研究者」としての「中島敦」がその内実を描いた作品ではないにも関わらず、「南方研究者」による作品と受容された。また、河上は、「作者中島氏はどうやらスティヴンスンの境地に共感乃至同情してゐるやうである。恐らく豊富な教養を以て、形のない夢を追つてゐた氏は、此の作品で、自分の夢に仮初の形を与へたのである。」とも記す。作中人物「スティヴンスン」は、作者「中島敦」が自身を仮託した存在だという、この語り口を、中島の一高時代の同級生であった中村光夫も受け継ぎ、「スティヴンスンのいはば植民地的憂鬱とも云ふべき素朴な正義感も、一種の智的な自嘲も、氏の高等学校時代の作品にそのまま見出される。そして喘息の出てくるところまで同じ[4]」という。河上や中村のように、中島自身を知る人物に肯定されることで、「中島敦」と「スティヴンスン」は強固に結び付けられる。さらに、河上は「中島敦」と「スティヴンスン」を「文明からの逃避」を行い、「タヒチへ逃げたゴオガン」と「同列の人」

だとし、「ゴオガン」と接続していく。

さて、このような認識が、「光と風と夢」の評価にどのように関わっていくのだろうか。「光と風と夢」は、「スティヴンスン」をサモア側に立った白人作家として描き出す作品である。「スティヴンスン」は「白人文明を以て一の大なる偏見と見做し、教育なき・力溢る、人々と共に濶歩」した人物として登場する。「サモアに於ける白人横暴史だ。」や、「白人の不人気は日毎に昂まるやうだ。」「スティヴンスンは、此処にゐる白人達の・土人の扱ひ方に、腹が立つて堪らなかつた。」などの文章から、反「白人達」の立場に立つ「スティヴンスン」を中心に据えた「光と風と夢」は、河上に「太平洋上の孤島に於ける欧州諸国の勢力争ひ、そこに世紀末都市文明を逃れて病を養ふ知的作家の精神の中の快癒と頽廃の相克[5]」とのテーマを持つ作品として紹介される。「反文明」として読み解きたい同時代評の多くは、時局的な要請からか、「植民地争奪の内幕と原住民の反抗[6]」や「白人と白人の間の争ひといふ余りに現実的なテーマ[7]」に注目する。「前世紀末に於ける列強の勢力角逐の真実相を描き出[8]」した作品、「南洋の一孤島サモアに流残の一イギリス詩人の口を藉りて、白人世界の没落と、当来の世界新秩序の予言的序曲を描い[9]」た作品だとの認識も見出される。久米正雄の、「吾が南方研究者」による話を「是は直ちに英訳して、戦時下の英国民に読ませたら、どう感じるだらうと思はれた[10]」との評価は、こうした流れを端的に示すものだといえる。

「都市文明を逃れ」た「スティヴンスン」や「ゴオガン」に作者「中島敦」が近しいとの認識と同時に立ち上がってくるのが、「植民地争奪の内幕と原住民の反抗」を「白人と白人の間の争ひ」、つまり「白人」植民地主義への批判を含んだ時局的なテクストとしての〈読み〉である。それは「南方研究者」である「中島敦」、「スティヴンスン」や「ゴオガン」としての「中島敦」との認識の元で、意味をなす[11]。

だが、そもそも「光と風と夢」は、中島が「スティヴンスン」の口を借りて「白人世界の没落」を描こうとした作品なのか。中島自身は「光と風と夢」に関してほとんど何も語っていない。しかし、原題との関係を考えると、

「白人世界の没落」が主題だとは言い難い。「光と風と夢」は成立当時、「ツシタラの死」という題名であり、雑誌社の意向で変更された経緯がある。[12]原題であった「ツシタラ」は、作品内において、「ツシタラ（物語の語り手を意味する土語）」と説明されており、結末において、「老酋長の一人」が、「トファ（眠れ）！　ツシタラ。」と、「ツシタラ」たる「スティヴンスン」を哀悼することで物語が閉じられるなど、非常に重要な意味を持つ言葉である。つまり、「ツシタラの死」を重視すると、文字のない世界での「物語の語り手」として現地で死ぬことが作品の主題といえよう。またそれは、第一創作集『光と風と夢』に収録された「狐憑」が「次から次へと故知らず生み出されて来る言葉共を後々迄も伝へるべき文字といふ道具があつてもいい筈だといふことに、彼は未だ思ひ到らない」、「一人の詩人」を描いたこととも関わってくるだろう。『光と風と夢』に収録された「狐憑」が、「未開の人種の中」の「詩人」を描いたように、「光と風と夢」も「物語の語り手」、つまり「ツシタラ」として死んだ「スティヴンスン」を描こうとした作品と見たほうがよい。

しかし、時局的な要請や、同時代言説などから、「光と風と夢」は、「南方研究者」が描いた、「白人」植民地主義への批判を含んだ時局的なテクストだと受け取られ、流通していった。中島敦がそのような状況の中、発行した第二創作集のタイトルは『南島譚』であった。「南方研究者」として文壇に紹介された中島が、一見して〈南洋もの〉とわかるタイトルを付けることによって、「大東亜共栄圏」構想と重なる作品が期待されたと考えられる。「光と風と夢」を受け、「ゴオガン」や「スティヴンスン」のような作家「中島敦」として認識された状況下では、〈南洋もの〉は、当然ながら時局的な読みを生む作品として位置付けられる可能性が高かった。

2　〈南洋〉表象

『南島譚』に収録された《環礁》作品は、すべて、「私」の見た〈南洋〉という構図を持つ。そして、「マリヤン」で「トンちやん（困つたことに彼女は私のことを斯う呼ぶのだ。（略））」と書かれることで、「マリヤン」の「私」は、作者である「中島敦」と結ばれる。作中の「私」がひとたび作者「中島敦」に接続されたとき、《環礁》の「私」はすべて「中島敦」に結び付けられ、読まれることになる。「ゴオガン」や「スティヴンスン」のような作家「中島敦」。その作家が、〈南洋〉を対象とした作品を著し、そして「私」と〈南洋〉の関わりを描く。おそらく「ゴオガン」や「スティヴンスン」のような作品を読者に想起させるだろう。

《環礁》作品のうちの一篇、「真昼」の中では、いずれも〈南洋〉滞在をモチーフに作品を著した西洋人「ゴーガン」「ロティ」「メルヴィル」の名前が列挙されている。彼等は、中島が〈南洋〉と接続して認識していた作家と捉えられる。三者に共通するのは何か。彼等は同時代的にどのようなイメージを喚起させるのか。そのことを把握した上で、中島が《環礁》を記した意図を読み解いていく。

昭和十年五月、「世界知識」に掲載された、三好武二「文学となつた太平洋――太平洋を描いた作品と作家たち」には、〈太平洋〉を舞台にした作家として「ポール・ゴーグユエン」「ピエル・ロチ」「ヘルマン・メルヴィール」の三者が挙げられている。「ゴーグユエン」は「文明の服をすつぽり放り出し、土人同様の半裸」で過ごす人物として紹介され、「ロチ」は「南洋の甘いローマンス」を描いた作家として、同じく「メルヴィール」も「南洋のローマンス」を貪つた作家だと紹介されている。〈南洋女性〉テウラとの出会いと別れを著した随筆『ノア・ノア』[13]を持つ「ゴーガン」もまた、「南洋ロマンス」を描いた作家だといえよう。つまり、〈南洋女性〉との恋愛、「南洋

▲【図1】上野山清貢「サイパンにて」（1925）（『美術家たちの「南洋群島」展』平成20年4月12日、東京新聞）
◀【図2】
ゴーギャン「かぐわしき大地」（1892）（『現代世界美術全集7　ゴーギャン』昭和45年5月25日、集英社）

ロマンス」を想起させるのが「ゴーガン」「ロティ」「メルヴィル」であった。「南洋ロマンス」は「性に奔放」な〈南洋女性〉イメージと言い換えることが出来る。当時、日本でも「南洋ロマンス」を描く作品は出版されている。たとえば、前章で紹介した〈南洋行〉作家、大久保康雄の「島妻」（『小説集　年輪1』所収、昭和十五年六月三十日、妙齢会）はまさしく「内地人」男性と、彼にあてがわれた一時限りの「島民」女性の物語である。彼女は「亭主に死に別れて一晩中泣き明した翌る朝には、もう他の男に抱かれてゐるといふ多情多恨のマーシャル女」として登場するが、物語上一貫して「内地人」男性に尽くす女性である。[14] また、丸山義二『帆船天祐丸』（昭和十六年二月二十日、萬里閣）でも同様に「南洋ロマンス」は描かれる。「無造作に肩と腰の布をはづす」性的な魅力を備えた〈南洋女性〉との出会いから始まり、登場人物の一人である関根が「素朴といふよりは野生をおびた愛情の表現」を彼女に見出すことで「南洋ロマンス」が成立する。いずれも「性的」な〈原始〉性を帯びた〈南洋女性〉が自ら「内地人」に惚れるなどして「島民」妻になるという流れを持つ。

　特に、丸山義二の『帆船天祐丸』における「南洋ロマンス」は「土人の娘を嫁にして、この島に根づくくらゐの覚悟があつてこそ、初めて、わが南方発展の実績があがるのだ。」と上司に説得され、遂行される結婚である。結末は次のように結ばれる。

時はちやうど、第一回帝国議会が開かれたばかり、東京日比谷の原頭に、黎明日本の鐘が高らかに鳴りひびいてゐた。天祐丸もまた、赤道直下の絶域に、南進日本の道標をうちたてたのである。

このように、「内地人」男性と、「島民」女性との「南洋ロマンス」は、日本の南進政策と重なる形で表象されていく。〈南洋〉は、「大東亜共栄圏」構想による南進政策のなか、日本語教育が行われた土地であった。従って、〈南洋〉を題材とした小説にもそうした趣向が求められたといえよう。

さて、「南洋ロマンス」は、「ゴーガン」の世界に所属するような〈南洋女性〉をその対象としている。では、〈南洋女性〉は、どのような存在だったのか。

上野山清貢「サイパンにて」（一九二五年、【図1】）と、ゴーギャン「かぐわしき大地」（一八九二年、【図2】）には著しい類似が見受けられる。

帝展画家上野山がゴーギャンの影響を受け〈南洋〉に赴いたことは広く知られており、紀行『写生地』（大正十五年七月十五日、中央美術社）の表紙に〈南洋女性〉の裸体画を掲げ、本文においては「ゴーガンの絵」の「原始的」なところを激賞するとともに、〈南洋〉島民のうち、その生活が「原始的」ゆえに「カナカ人を殊に愛」すると述べている。ここで読み取れるのは、「ゴーガン」と「カナカ人」がごく簡単に、「原始的」という解釈から直接結びついていることである。当時の文献では、〈南洋〉には「チャモロ族」と「カナカ族」がおり、「チャモロ族は白人とカナカ族の混血」で「容ぼう風姿は幾分カナカ族よりも優れている」[15]とされていた。〈西洋〉との混血であるとされる「チャモロ」には〈文明〉を認め、「カナカ」には原始性を求めるといった〈日本〉の風潮が窺える。特に「カナカ」は、当時の〈南洋〉表象で多用されるキーワードである。

興味深い雑誌の特集もある。現地〈南洋〉で発行された雑誌「南洋群島」の「ミス・グントー」特集である。この特集では、〈南洋女性〉の「美」が二面的に捉えられていた。「カナカ」女性の「裸」で「原始的」な姿に対し、「チャモロ」女性は「洋装」で「開化」している姿が採択されている。つまり、〈南洋女性〉の一般的な評価軸として「カナカ」に「原始性」を、「チャモロ」には「教養の閃き」を求めた様が見受けられる。[16]

しかし、〈南洋〉を対象にした芸術――絵画や文学など――における〈南洋女性〉の「美」はその多くが「カナカ」的「原始性」を帯びたものであることに留意したい。[17]これは、日本において「カナカ」こそが「ゴーガン」の愛した「原始的」世界に所属していたと考えられていたからであろう。また、「サイパンうしろにヤップ島　跳ねて出てくるカナカの娘　腰蓑重ねてさら〳〵と　あなたと住む島どれにしよ　年は十三恋を知る」という「カナカの娘」の歌が流行したように、日本国内でも「カナカ」女性は「恋に奔放」な存在だといった認識が広まっていた。その「カナカの娘」の作詞者安藤盛の『南洋記』（昭和十一年八月十八日、昭森社）には、「君たちは、何故、結婚しないのだ?」「内地人と結婚したいのかね?」と言う問いに、「セーラ服の二人のカナカ乙女」たちが「だまつてうなだれた」様子が描かれている。また、『南洋記』の表紙には〈南洋女性〉の裸体画を、裏表紙には自身が作詞した「恋のマーシャル」[18]という歌の楽譜が採用されている。このように、安藤盛が与えた「南洋ロマンス」イメージは大きかったと推測できる。

ゴーギャンがもたらした、〈原始〉や「南洋ロマンス」といった〈南洋〉表象が、文学作品や絵画、雑誌、流行歌などにおいてもそのまま再現された。なかでも「カナカ」には、積極的に「南洋ロマンス」が押しつけられている点が指摘できよう。

3　カナカ女性マリヤン

そうした状況に呼応するかのように、中島には、「南洋ロマンス」の体現者たる「カナカ」女性を中心に据えた作品「マリヤン」がある。「純然たるミクロネシア・カナカの典型的な顔」をした〈南洋女性〉マリヤンを描いた作品「マリヤン」は、「ゴーガン」や「ロティ」の世界の登場人物である「カナカ」女性を見る「私」の〈まなざし〉を通して描かれている。「南洋ロマンス」を広めた「ゴーガン」などと同一視されたと考えられる中島敦が記したという前提で読み進めたならば、期待されるのは「カナカ」女性マリヤンと「内地人」男性「私」との「南洋ロマンス」であろう。

だが、マリヤンは「極めてインテリ」な頭脳を持つ女性であり、簡単に「南洋ロマンス」に組み込まれることはない。マリヤンは『ロティの結婚』を読むことが可能な「インテリ」な〈南洋女性〉として描かれる。

> 其の「ロティの結婚」に就いては、マリヤンは不満の意を洩らしてゐた。現実の南洋は決してこんなものではないといふ不満である。「昔の、それもポリネシアのことだから、よく分らないけれども、それでも、まさか、こんなことは無いでせう。」といふ。

『ロティの結婚』を読むことが出来て、その作品世界に「不満の意」を表明できるマリヤンは、「南洋ロマンス」に描かれたような「性に奔放」で〈原始〉的な存在としての〈南洋女性〉とは立場を異にしている。ただ、留意したいのは、マリヤンの描かれ方が単に「南洋ロマンス」を否定するだけではないという事実である。

「マリヤン」には、冒頭から末尾まで揃った全十六枚の決定稿（浄書原稿）の他に、二種の草稿が残されている。[19]一種は本文を完備した十四枚ひとつづきの草稿であり、そのうち最後の一枚は三行空けた状態から書き始められ、推敲の跡が多く見受けられる。もう一種は一枚のみ現存する草稿で、決定稿の末尾に当たる。このことから、中島が作品末尾の形象に力を注いでいたことが分かる。「一時」、「本当に、二人ともその予定だった」が、マリヤンに「一ぺん内地へ帰つたら二度と戻つて来た人は無い」と言われ、本当に二度と戻らないことになるこの場面が、「マリヤン」作品の構造上不可欠であった。この場面に関しては、橋本正志が『ノア・ノア』のアナニー夫妻と「ゴーガン」との別離の場面が、マリヤンと「私」の別離の場面に近しいという指摘を行っている。[20]付け加えるならば、『ロティの結婚』の〈南洋女性〉との別れの場面とも近い。さらに『ロティの結婚』と「マリヤン」はいずれも、残された〈南洋女性〉から消息を尋ねる手紙が届くといった構造を有しており、「マリヤン」本文に『ロティの結婚』が引用されることから、『ロティの結婚』をより強く意識して描かれたといえる。「マリヤン」が『ノア・ノア』『ロティの結婚』型「去る西洋人」／「置き去りにされる非西洋人」[21]構造を敷くのは、この構造を前景化することで、〈南洋女性〉マリヤンと、「置き去りにされる非西洋人」女性との差異と共通点を描くためであろう。先に引用した、『ロティの結婚』に対し「不満の意」を口に出来るマリヤンから差異が感じ取られ、また、同じ場面の「決してこんなもの」「こんなこと」という抽象的な言い方でしか否定しえない姿から共通点も同時に立ち上がってくる。「こんなもの」としか語り得ないマリヤンは「置き去りにされる非西洋人」の位置に立たざるを得ないのである。この両義性に「マリヤン」テクストの面白さがあるといえよう。

これは「私」の〈まなざし〉の下に〈南洋女性〉マリヤンが置かれていることと関係している。「私」がマリヤンの『ロティの結婚』への不満を聞く、との構図を取るがゆえにマリヤンの言葉の直接性は失われ、「私」の〈まなざし〉を通したマリヤンしか立ち現れない。つまり、作品「マリヤン」が、「私」の見た「カナカ」女性だとの構造自体にテクストの戦略意図を読み取ることが出来る。「私」の〈まなざし〉によってマリヤンが抑圧され、描き出されていることが肝要である。

「マリヤン」における、こうした「南洋ロマンス」の取り入れ方は、「南洋研究者」として受容された「中島敦」が記したとの事実を加えて考えた時、どのような意味を持つのか。少なくとも読み手に違和を与えることは間違いない。その違和は、どうして「南洋ロマンス」が「いたましさ」を伴ってしか成立しえなかったのか、との疑問を生むに違いない。そのとき、「私」の〈まなざし〉の強固さが立ち現れるだろう。

繰り返すが、《環礁》作品は、「私」の〈南洋〉への〈まなざし〉が描かれた作品である。「マリヤン」では、「私」の〈まなざし〉を中心に描いた「真昼」の存在が効果的に機能してくる。《環礁》六作品の中央に配置されている「真昼」は、《環礁》のなかで唯一「私」の定義付けを行った作品であり、中島は《環礁》における「私」を位置付ける役割を「真昼」に担わせたと考えられるからである。この作品の存在が《環礁》にとって重要であり、たとえば「マリヤン」にとって「真昼」は、「南洋ロマンス」に回収されないために、周到に準備された作品だと考えられる。

「私の中」の対話を描いた「真昼」。「私」は「私」と対話しながら自己の〈まなざし〉を相対化していく。

人工の・欧羅巴(ヨーロッパ)の・近代の・亡霊から完全に解放されてゐるならばだ。所が、実際は、何時何処にゐたつてお前はお前なのだ。(略)たゞ空間の彼方に目を向けながら心の中で Elle est retrouvée! ——Quoi? ——L'Eternité. C'est la mer mêlée au soleil.(見付かつたぞ! 何が? 永遠が。陽と溶け合つた海原が)と呪文のやうに繰返してゐるだけなのだ。お前は島民をも見てをりはせぬ。ゴーガンの複製を見てをるだけだ。ミクロネシアを見てをるのでもない。ロティとメルヴィルの画いたポリネシアの色褪せた再現を見てをるに過ぎぬのだ。そんな蒼ざめた殻をくつつけてゐる目で、何が永遠だ。哀れな奴め！

「真昼」の「私」は「島民と同じ目で眺めてゐる」と思いながらも、「人工の・欧羅巴(ヨーロッパ)の・近代の・亡霊」から完全には解放されていない存在であり、ランボオの『地獄の季節』の一節を口にする人物と設定される。[22] そうした「私」の〈まなざし〉は「ゴーガンの複製」や「ロティとメルヴィルの画いたポリネシアの色褪せた再現」を見る「蒼ざめた殻」をくっつけたものだと「私」は言う。注意すべきは、「ゴーガンの複製」の語句である。「私」の〈まなざし〉が「ゴーガン」や「ロティとメルヴィル」の「蒼ざめた殻」を被っていると書き込まれることによって、作品「マリヤン」において、マリヤンと「置き去りにされる非西洋人」との共通点を見出す読みが前景化される仕組みになっているのである。

このように「真昼」は《環礁》における「私」を規定する、「視座」としての役割を持つ作品だといえよう。[23]

4　「真昼」草稿の考察

「真昼」は「私」と「私の中の意地の悪い奴」との対話で成り立ち、冒頭から〈こちら側〉と〈向こう側〉という、対立項を意識させる構造を持つ。「外海から堡礁の裂目にさしかかつた所」という〈境界線〉を挟んでの「青鯖色」と「朱」とのコントラスト、そして「陽射しの工合」と「時刻」。そのあとも「期限付の約束」と「季節の継ぎ目といふもの」が無い「此の島」、「南」と「北方」と、対比構造は続いていく。「真昼」は〈夢〉と〈現実〉、〈暖かさ〉と〈冷たさ〉、〈南方〉と〈北方〉と、対立する言葉、概念を幾重にも呈示しながら物語を展開していく。

そのうち、「浦島太郎は決して、単なるお話ではない。たゞ此の昔語の主人公がその女主人公に見出した魅力を、我々が此の島の肌黒く逞しい少女等に見出し難いだけのことだ。」との文章に注目したい。言うまでもなく、「浦島太郎」とは〈こちら側〉から〈向こう側〉に渡り、「女主人公」と出会い、そして〈こちら側〉に戻ってくる存在である。[24]〈南洋〉にいる「私」から見た〈向こう側〉は〈北方〉であり、〈こちら側〉は〈南方〉と考えていいだろう。しかし、〈南洋〉はそもそも「私」にとっては〈向こう側〉であった。「真昼」での「私」は、本来、〈向こう側〉に所属した「唯夢のやうな安逸と怠惰」を味わえる場所にいる。「夢のやうな」場にいる「私」は、しかしながら「女主人公に見出した魅力」を「見出し難い」という。作家・中島敦と接続するならば、日記に〈南洋〉を「夢の国の物語」とし、「スティヴンスンやロティの世界[25]」だと記したように、〈南洋〉は、憧憬を抱くべき「物語」としての〈南洋〉であった。しかし、「真昼」では、「夢の国の物語」を実践できる場にいる「私」が、その「物語」の存在自体を否定する。〈南洋〉にいる「私」が、「北方」にいたときに思い描いていた〈南洋〉との相違を見出しているのである。つまり、〈南洋行〉前に思い描いていた〈南洋〉表象が存在しないことが作品冒頭で呈示される。さらには、「その女主人公に見出した魅力」という言葉からは、「ゴーガン」や「ロティ」が作り上げた「南洋ロマンス」を想起出来るだろう。このことは、前節で見たように、「純然たるミクロネシア・カナカの典型的な顔」を持つマリヤンが「南洋ロマンス」を否定したこととも関わってくる。この作為もまた、「真昼」を視座として「マリヤン」を読み直すことを前提として行われたと想定出来る。

「真昼」冒頭から積み重ねられた対立概念は、最終的には「ゴーガンの複製を見てをるだけだ。ミクロネシアを見てをるのでもない。ロティとメルヴィルの画いたポリネシアの色褪せた再現を見てをるに過ぎぬのだ。」の文脈に繋がり、対立項の一つであるはずの〈南洋〉表象がそもそも存在しないと示されることで、対立自体を無効化してみせる。

〈日本〉の「近代」化が〈西洋〉からの「蒼ざめた殻」を借りて行われたことは周知の事実である。従って、

「ゴーガン」が〈西洋〉の対立項としての〈南洋〉に「反近代」を見たように〈日本〉が〈南洋〉を見ることは不可能である。それは、〈日本人〉である「私」自体が「蒼ざめた殻」を内面化した存在であり、〈南洋〉と相反する存在ではないからである。この描写を通して、「光と風と夢」評で呈示された、「南洋の一孤島サモアに流残の一イギリス詩人の口を藉りて、白人世界の没落」を描いたとの〈読み〉も解体されることになるだろう。「真昼」が対立構造を繰り返し見せることで描き出したのは、〈南洋〉表象が、対〈西洋〉といった形で表出されている事実である。そして、だからこそ、〈南洋〉は「色褪せた再現」でしかなく、〈南洋〉幻想は否定されるべき存在と化す。〈西洋〉対〈南洋〉が、〈日本〉対〈南洋〉と等式で結び付けられることの不可能性を「真昼」は、対立概念を積み重ねることで晒け出している。

「真昼」草稿の生成過程からも、「真昼」が対立項目を敢えて取り入れている様が読み取れる。「真昼」には草稿が五枚、残されている。一枚目、二枚目は鉛筆書きで、残りはペン書きの草稿である。全体の三分の二程度に当たる分量ではあるが、細かい書き込みがある草稿からは「真昼」が周到に編み上げられた作品だということが窺える。注目したいのは、四枚目に記載された書き入れの存在である。

原稿用紙上欄外、右端部分に「A　東京生活のウスツペラな」、「B　太平洋の濤に囲まれた小さな島の・ヤシの葉で葺いた土民小舎の中で、家のマハリ〔左右〕にズシンとおちる椰子の實の音をキキナガラ〔引用者注：亀甲括弧〔　〕は、見せ消ちを意味する。〕」と書き込まれている。「A」と「B」と、対照的な存在を意図的に書き込んでいることがわかる。ここでは「東京生活」＝〈日本〉と、「小さな島」＝〈南洋〉の対比構造が見られる。「真昼」定稿でこの部分を詳細に見ると、「東京の歌舞伎座の、（それも舞台ではなく）みやげもの屋（あられや飴や似顔絵やブロマイド等を売る）の明るい華美な店先と、其の前を行き交ふ着飾つた人波」を「こんな意味も内容も無い東京生活の薄つぺらな一断面」と表現している。

そして、「とにかく、私の中には色んな奇妙な奴等がゴチヤ〳〵と雑居してゐるらしい。浅間しい、唾棄すべき奴までが。」と結論づける。この最後の文章は草稿書き入れであり、おそらく最後にまとめとして入れられたのであろう。つまり、「私の中」の「浅間しい、唾棄すべき奴」との語句が、「真昼」構成上必要であったと考えられる。「私」が〈日本〉の「習慣や環境」を「突然思出」すという、「真昼」の描き方は当時の〈日本〉において「近代の超克」[26]が声高に論じられた時代の流れを受けているように見える。しかし、「奇妙なこと」に「突然」、自分の意志とは無関係に、「歌舞伎座」の、しかも「みやげもの屋」や「行き交ふ着飾つた人波」を思い出すといった構図は、決して〈日本〉への回帰として一面的に捉えるべきではないだろう。「歌舞伎」ではなく「歌舞伎座」の「みやげもの屋」や「着飾つた人波」との語句から想起できるのは、〈日本〉自体ではなく、それに付随した〈日本らしきもの〉と認識することが出来るのではないか。〈南洋〉の「土民小舎」の「場」で喚起され、生み出される〈日本らしきもの〉を、「私」は「浅間しい、唾棄すべき奴」と断罪しているのである。[27]〈南洋〉から照射されることで生み出される〈日本〉はあくまでも紛い物でしかない。

「真昼」は、〈西洋〉対〈南洋〉、〈日本〉対〈南洋〉との構図から、〈南洋〉に対立する存在として〈西洋〉と〈日本〉は同じ立場だとの認識がいとも簡単に創り出された状況を批評の射程に入れる。反〈西洋〉として立ち現れる〈南洋〉、そして反〈南洋〉から照射される〈日本〉を無効化することで、置かれたすべての枠組みを解体し、その序列化のなかに留まることを拒否していると読み取れるだろう。

中島敦が〈南洋もの〉で試みたのは何だったのか。

中島の「真昼」は、「大東亜共栄圏構想」を受けた〈南洋〉表象が求められた時代風潮のなかで描かれている。〈南洋〉へ〈日本人〉が向けた〈まなざし〉には、「ゴーガン」や「ロティ」といった〈西洋〉から借りた〈まなざし〉が強く存在していた。そうしたなかで、その〈まなざし〉から逃れようとする「私」を描くことだけでも中島の特異性は評価されるべきだろう。しかしながら中島が〈南洋もの〉で行ったことはそれだけではない。中島の〈南洋行〉前の作品、「光と風と夢」が、おそらく中島の想定を超えて、「南洋研究者」の作品として受容されたことを考えたとき、中島が「真昼」作品において対立項目を解体し、無効化していく行為は、「光と風と夢」評への抵抗と読み取ることが可能であろう。

中島が〈南洋もの〉で企図したのは、〈南洋もの〉としての一元的な解釈への反抗であり、また、時局への批評性を持ち得た作品を世に出すことではないかと考えられるのである。

注

（1）無署名「〈新刊紹介〉——中島敦著「光と風と夢」」（「政界往来」第十三巻第九号、昭和十七年九月）
（2）久米正雄「第十五回芥川賞選評」（「文藝春秋」第二十巻第九号、昭和十七年九月）
（3）河上徹太郎「文学界後書」（「文学界」第九巻第五号、昭和十七年五月）
（4）中村光夫「旧知」（「文学界」第九巻第六号、昭和十七年六月）
（5）注（3）に同じ。
（6）南川潤、大井廣介、佐々木基一「文芸時評」（「現代文学」第五巻第六号、昭和十七年六月）における佐々木基一の発言。
（7）注（6）に同じ。
（8）岩上順一「芸術の論理」（「日本評論」第十七巻第六号、昭和十七年六月）
（9）無署名「文化往来」（「政界往来」第十三巻第六号、昭和十七年六月）

(10) 注(2)に同じ。

(11) この点に関しては、齋藤一が「作者の中島敦が南洋庁で教科書編纂の仕事をしていた頃、作者の手を離れた『光と風と夢』という小説は、同じ頃『文学界』誌上において掲載された座談会「近代の超克」の参加者やその周辺の人々によって、西洋植民地主義と大東亜共栄圏との差異を強調するという文脈に組み込まれていたのである。」と指摘する(「英文学者中島敦」、『帝国日本の英文学』所収、平成十八年三月三十日、人文書院)。

(12) このとき、「光と風と夢」は一部削除され、掲載されている。主な削除部分は「スティヴンスン」が文学論を語った部分などである。

(13) ポール・ゴオガン、前川堅市訳『ノア・ノア』(昭和七年三月二十五日、岩波書店)は、「中島敦蔵書目録」に書名がある。

(14) 〈南洋〉滞在中に、中島は大久保康雄のこの作品を読んだことがわかっている。第一部第二章及び第三章参照。

(15) 外務省条約局法規課編『委任統治南洋群島 前編(「外地法制読」第五部)』(昭和三十七年十二月、外務省条約局法規課)

(16) 「ミス・グントー その二」(「南洋群島」第一巻第三号、昭和十年四月)には「カナカ」女性が、「ミス・グントー その四」(「南洋群島」第一巻第五号、昭和十年六月)には「チャモロ」女性が掲載されている。後者には解説があり、「同じ島民の中でもチヤモロの女は顔に教養の閃きがある」と記されている。「ミス・グントー」は「南洋群島」一年目の連載であった。本書末に、資料として全て掲載している。

(17) 滝沢恭司「美術家と「南洋群島」と日本近代美術と」(町田市立国際版画美術館・東京新聞編『美術家たちの「南洋群島」展図録』所収、平成二十年四月十二日、東京新聞社)に詳しい。

(18) 歌詞は「カナカの娘」と同じ。

（19）決定稿（コクヨ20字×20行原稿用紙十六枚、ペン書き）と、草稿二種（20字×20行原稿用紙十四枚、ペン書きと、同原稿用紙一枚、ペン書き）が現存する。決定稿は『南島譚』収録本文とほぼ同じ。

（20）橋本正志「中島敦「マリヤン」論――〈南洋島民〉の虚像と実像――」（「論究日本文学」第六十七号、一九九七年一二月）

（21）須藤直人「中島敦の混血表象と南洋群島――ポストコロニアル異人種間恋愛譚――」（「国語と国文学」第八十六巻第四号、平成二十一年四月）

（22）「Elle est…」はランボオ『地獄の季節』の「錯乱」からの引用である。この指摘は濱川勝彦（『中島敦の作品研究』、昭和五十一年九月十日、明治書院）が行っている。

（23）「真昼」については、第五章で詳しく述べる。

（24）草稿一枚目の左側上部欄外には、「E　ウラシマ」との書き入れがある。「E　ウラシマ」の語句以外は『南島譚』収録本文とほぼ同じ文章である。なお「E」とは原稿の書き入れ箇所を記した記号である。「ウラシマ」とだけまず書き込まれたのは、「浦島太郎」の概念が「真昼」にとって重要だったからではないか。

（25）「日記」昭和十六年九月二十九日項。
　宛として夢の国の物語の如し。終日の饗宴の準備の後、夕暮、歌ひつれつゝ花輪を手にせる少女達が饗宴場に来り、一人一人、渠の頭に肩に花輪を掛けるといふ。さて焚火。石焼、料理のかぐはしき数々、など、スティヴンスンやロティの世界の如し。

（26）中島が「光と風と夢」を掲載したのは「文学界」昭和十七年五月号であり、同年九月号十月号では「近代の超克」が特集されている。また、同年六月号には「時間といふ青ざめた思想」（小林秀雄「無常といふ事」）の語句も見える。

（27）「真昼」最後の場面で「私」は、「島民の家の子」から「兄が先刻カムドゥックル魚を突いて来たから、日本流の刺身に作った」と告げられる。ここでも「日本流」、〈日本らしきもの〉は、〈南洋〉との関係性において発見されている。

第五章　中島敦「真昼」論Ⅱ——視座としての「真昼」——

1　中島敦〈南洋もの〉の生成

本章は、従来、中島敦の「南洋行の意味」[1]が窺える作品として受け取られてきた「真昼」を中心に再考し、そこから〈南洋もの〉を代表する《環礁》作品の特徴を捉え直そうとする試みである。

まずは〈南洋もの〉の生成過程に注目する。

《南島譚》の「幸福」「夫婦」草稿が記された「ノート第四」（【図1】）、同じく《南島譚》の「雞」草稿が記された「ノート第五」（【図2】）には、《南島譚》および《環礁》の原題と思しきメモが書き込まれている。「ノート第四」には「過去のわが南洋」との記述があり、「ナポレオン」「曇天」「キラ・コシサン」「章魚木」「鶏」「マリヤ」「ウバル」が並記されている。「キラ・コシサン」とは《南島譚》の「夫婦」、「鶏」とは《南島譚》の「雞」、「曇天」とは《環礁》の「夾竹桃の家の女」のことである。[2]そのうち「ナポレオン」と「鶏」との下部には、配列の変更を意味する矢印が記されている。また、「ノート第五」には「ウバル」「マリヤン」「ナポレオン」「曇天の午後の女」と書かれている。「マリヤ」ではなく、最終的に「マリヤン」が題名として選ばれたことから、「ノート第四」「ノート第五」の順に成立したと推定できる。

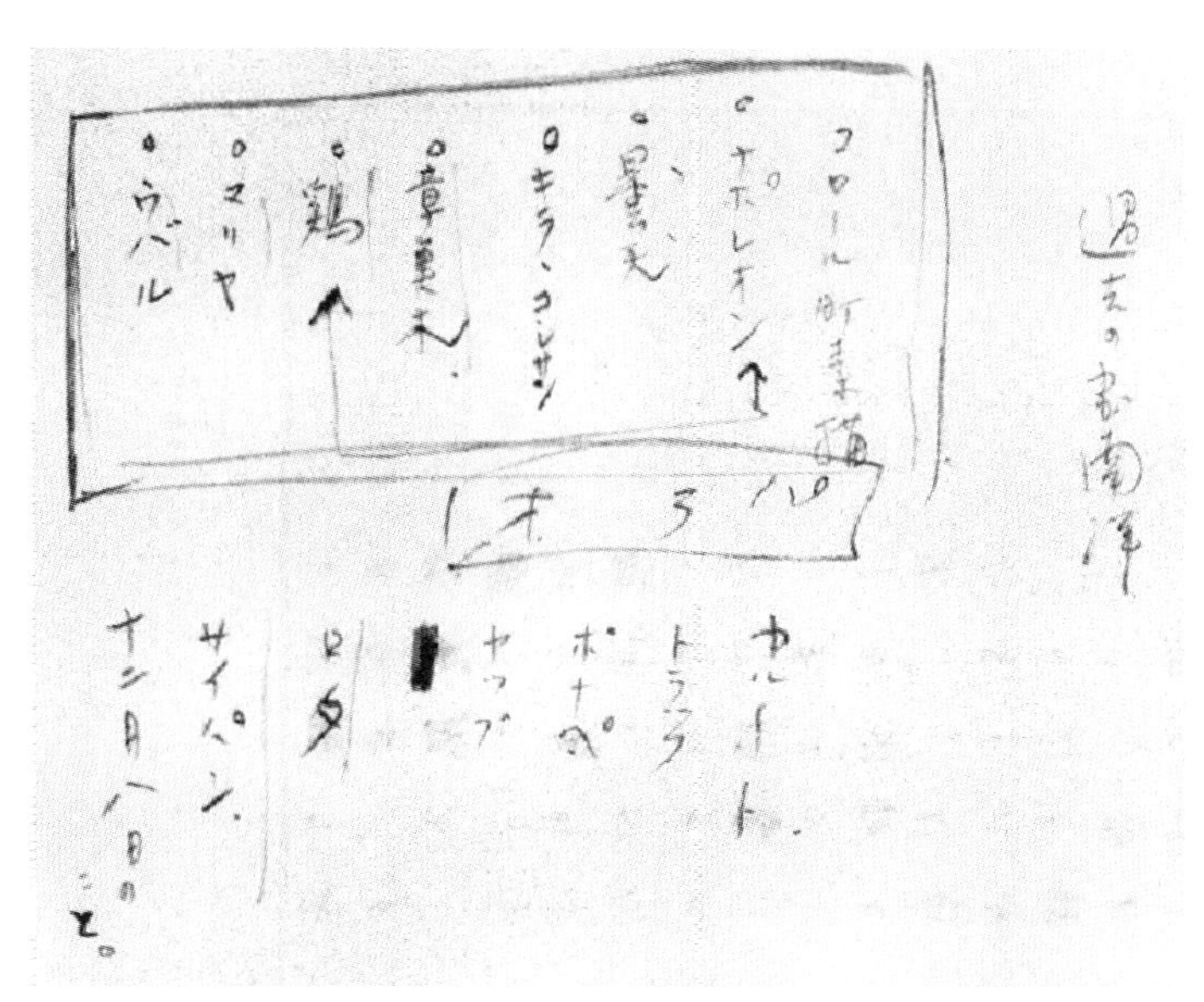

【図1】「ノート第四」

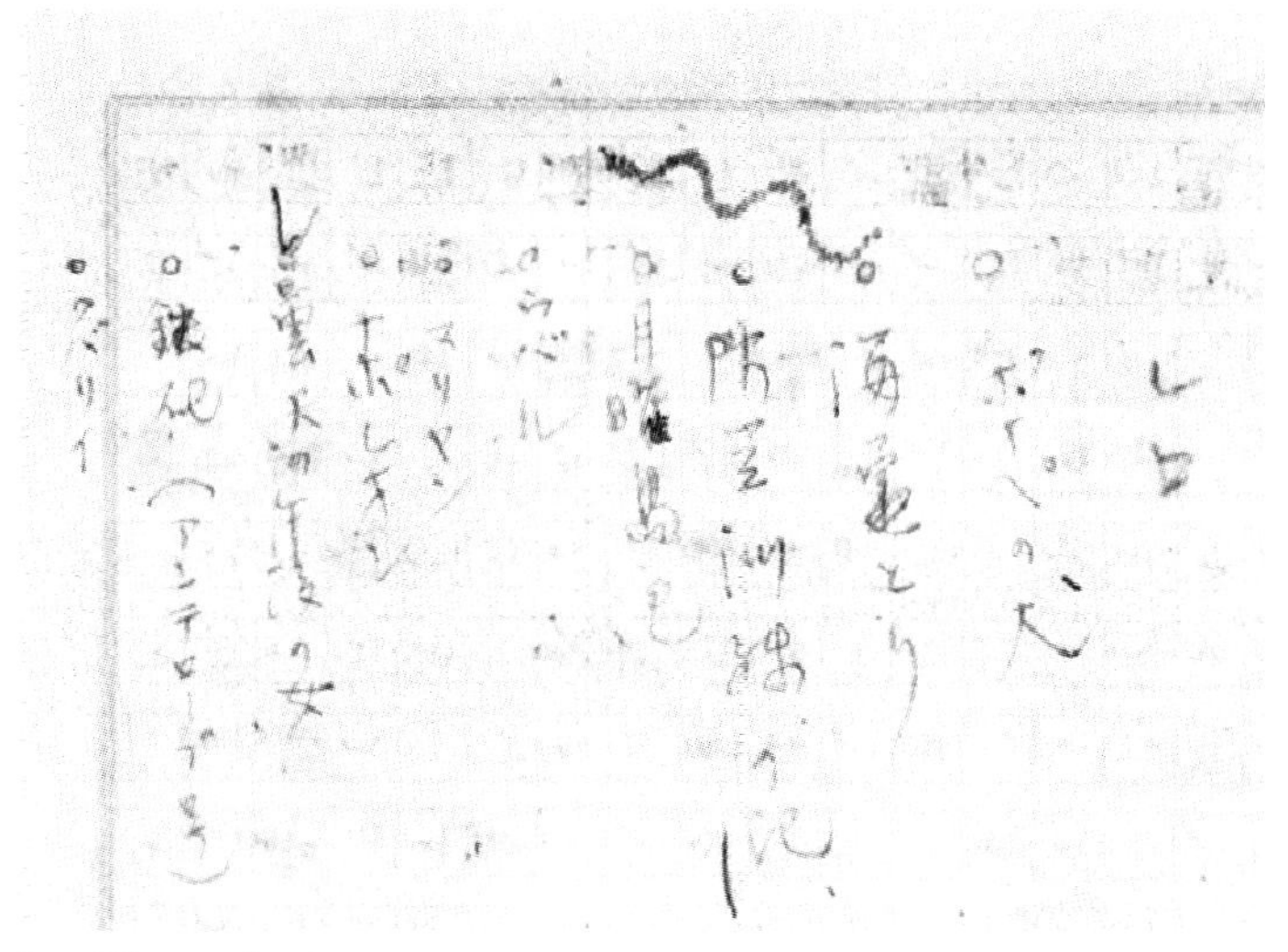

【図2】「ノート第五」

これらのことから、当初は《南島譚》と《環礁》とが混在していたこと、さらに《環礁》生成の際に、中島が作品配列に拘った様が窺える。中島には諸短篇を《南島譚》と《環礁》に振り分ける意識があり、《環礁》においては掲載順も大切であったことがわかる。「ナポレオン」と「鶏」の移動に伴って起こった配列の変化は、「ナポレオン」と「マリヤン」が並べられた点である。この点に関しては、後の節で詳しく触れることにしたい。

《南島譚》と《環礁》の振り分けについては、《環礁》は「私」の見た〈南洋〉という構図であり、《南島譚》は、たとえば「幸福」が「昔、此の島に一人の極めて哀れな男がゐた。」から始まるように〈昔語り〉であることが《環礁》と《南島譚》選別の理由と推測出来る。しかし、《南島譚》のなかには「私」の見た〈南洋〉作品である「雞」が存在する。このことには、語り手である「私」がどのように描かれているかが関係するだろう。「雞」の「私」は、「南洋に来た最初の年よりも三年目の方が、三年目より五年目の方が、土人の気持は私にとつて一層不可解になつて来た」人物であり、「パラオ民俗を知る為の一助にもと、民間俗信の神像や神祠などの模型を蒐集してゐ」る。従って、「雞」の「私」は土俗学者である〈南洋行〉中の中島が懇意にしていた土方久功を想起させる。

一方、《環礁》の「私」は、「寂しい島」では「此の島には珍しい内地人たる私」であり、「私の乗つて来た――さうして、ここ数時間の中には又乗つて立去る」との表現から、一時の滞在者であることがわかる。また、「同じ南洋の官吏でゐながら、まるで方面違ひの、おまけに極く新米の私」（「ナポレオン」）、「私の偏屈な性質のせゐか、パラオの役所の同僚とはまるで打解けた交際が出来」（「マリヤン」）ないとの描写から、「パラオの役所」勤務の「南洋の官吏」であろうことが推測出来る。また、作品「マリヤン」において、「トンちゃん（困つたことに彼女は私のことを斯う呼ぶのだ。H氏の呼び方を真似たのである。初めは少し腹を立てたが、しまひには閉口して苦笑する外は無かつた）」と呼びかけられることで、作者である「中島敦」に結び付けられる。この「H氏」とは、「マリヤン」に「土俗学者H氏」とあるように、作品「雞」の「土俗学者」の「私」と捉えることが可能である。「マリヤン」のなかで「私」は「H氏」を通してマリヤンと交流しており、《環礁》の「私」と「H氏」とは完全に立場を異にする存在だといえる。

第四章でも触れたが、《南島譚》とは違い、《環礁》は各話に登場する「私」がすべて作者「中島敦」として読まれる作品である。作中の「私」が作者「中島敦」に接続されたとき、《環礁》の「私」はすべて「中島敦」に結び付けられ、読まれると考えられる。

「真昼」は、《環礁》のなかで唯一「私」の定義付けを行った作品である。そのため、おそらく「ノート第五」の時点ではまだ構想されていなかっただろう「真昼」が、『南島譚』刊行の際に新しく収録されたことが非常に重要になってくる。

本章で取り扱うのは、次の二点である。《環礁》の特徴を把捉するため、「真昼」分析を行う。その上で、「真昼」が採録され、「ナポレオン」と「マリヤン」の間に配置されたことの意味を考えていく。

2

「真昼」と『ツァラトゥストラ』

「私の中」の自己内対話を描いた「真昼」。「真昼」は〈南洋〉滞在中の「私」の心象風景を描いている。

目がさめた。ウーンと、睡り足りた後の快い伸びをすると、手足の下、背中の下で、砂が——真白な花珊瑚の屑がサラ〳〵と軽く崩れる。汀から二間と隔たらない所、大きなタマナ樹の茂みの下、濃い茄子色の影の中で私は昼寝をしてゐたのである。頭上の枝葉はぎつしりと密生(こ)んでゐて、葉洩日も殆ど落ちて来ない。

「真昼」冒頭は、〈南洋〉表象の中で目覚めた「私」から始まる。「私」は、「自分が旅立つ前に期待してゐた南方の至福とは、これなのだらうか?」と自身に問いかけ、「いや、さうではない。」と、「私の中の意地の悪い奴」を否定し、次のように分析する。

人工の・欧羅巴(ヨーロッパ)の・近代の・亡霊から完全に解放されてゐるならばだ。所が、実際は、何時何処にゐたつてお前はお前なのだ。(略)たゞ空間の彼方に目を向けながら心の中でElle est retrouvée! ――Quoi? ――L'Eternité. C'est la mer mêlée au soleil.(見付かつたぞ! 何が? 永遠が。陽と溶け合つた海原が)と呪文のやうに繰返してゐるだけなのだ。お前は島民をも見てをりはせぬ。ゴーガンの複製を見てをるだけだ。ミクロネシアを見てをるのでもない。ロティとメルヴィルの画いたポリネシアの色褪せた再現を見てをるに過ぎぬのだ。そんな蒼ざめた殼をくつつけてゐる目で、何が永遠だ。哀れな奴め!

前章でも指摘したように、「真昼」の「私」は「島民と同じ目で眺め」ることを求めながらも、「人工の・欧羅巴(ヨーロッパ)の・近代の・亡霊」から完全に解放されていない。「私」の〈まなざし〉は「ゴーガンの複製」や「ロティとメルヴィルの画いたポリネシアの色褪せた再現」を見る「蒼ざめた殼」をくっつけたものだと「真昼」は描く。この借り物である「私」の〈まなざし〉は、中島の未定稿「北方行」[3]の、「自分と現実との間に薄い膜が張られて」いて、「膜をとほしてしか、現実を見ることができ」ない「彼」の「膜」は、「青褪めた魂しか持つてゐない痩せ果てた亡霊共、頭脳ばかり無闇に大きくなりすぎた栄養不足の餓鬼共」だという文章に類似している。また、さまざまなものとの複合物でしかない「私」という存在は、〈南洋行〉前に著した「かめれおん日記」[4]の、「俺といふものは、俺が考へてゐる程、俺ではない。俺の代りに習慣や環境やが行動してゐる」という文章に近しい。「真昼」

は、「北方行」や「かめれおん日記」と同じ性質を持つ作品といえる。つまり、「北方行」「かめれおん日記」など、〈私小説〉的と言われる作品群に位置付けることができよう。

さらにここで留意すべきは、「かめれおん日記」の、「俺といふもの」は「俺の代りに習慣や環境やが行動してゐる」という文章が、そもそも中島が翻訳した『パスカル』に基づいていると思われる事実である。中島敦訳『パスカル』には「各個人が生活してゐる世界は、一方、遺伝と、他方、後天的な習慣とから成るものである。(略)つまり、人間は誰でも、別々な幾人かの人間(個性)の寄合世帯であつて、或時は其の中の一人が、又他の時には、別の一人が、人間の全機構を活気づけ・その運命を導く」とあり、中島の「かめれおん日記」には「俺といふものは、俺が考へてゐる程、俺ではない。俺の代りに習慣や環境やが行動してゐるのだ。之に、遺伝とか、人類といふ生物の一般的習性とかいふことを考へると、俺といふ特殊なものはなくなつて了ひさうだ。」とある。つまり、「俺といふもの」は「習慣や環境」だという「書き手」すらもまた、引用を行うという手法に中島の作品の特徴がある。そしてそれは「真昼」においても同様である。

フリードリヒ・ニーチェの『ツァラトゥストラ』[5]第四部には、ツァラトゥストラの「影」が登場する章がある。[6]「影」は「彼は自分の背後に新な声を聞いた。その声は叫んだ、『待て! ツァラトゥストラ! 待てと申すに! 俺だ、俺だ、おおツァラトゥストラー、俺だ、お前の影だ!』」と名乗り、「お前と一緒に俺は最も遠い最も寒い世界を経巡つた、冬の屋根や雪の上を好き好んで走り行く幽霊のやうに。」と言う。これは「真昼」の、「私の中」に「影」のような存在(「私の中の意地の悪い奴」)がいるとの設定と共通している。また、ニーチェの『ツァラトゥストラ』では「正午」の章は次のように始められる。

そしてツァラトゥストラは走つては走つた、もはや誰にも会わなかつた、又しても又しても自分自身に会つた、（略）正午の時にはしかし、日輪がまさしくツァラトゥストラーの頭上に在つたとき、彼は曲がりくねつた・節くれだつた老樹の側に通りかかつた、その樹は周囲一面葡萄の蔓の有り余る愛に抱擁され包み隠されてゐた、（略）全くの正午時に即ち、この樹の傍に身を横たへて寝て見たくなつた。（略）唯彼の眼は開いたままだつた――眼は即ち、あの老樹と葡萄の愛を飽かず眺め見且つ嘆賞してゐたからである。

「真昼」における「真昼」という設定や、「目が覚めた」「私」が「頭上の枝葉はぎつしりと密生んでゐて、葉洩日も殆ど落ちて来ない」影の中で「昼寝してゐた」という場面は、この、ツァラトゥストラが「正午」に「自分自身に会つた」と自己内対話を始める章、「周囲一面葡萄の蔓の有り余る愛に抱擁され包み隠されてゐた」「この樹の傍に身を横たへて寝て見たくなつた」場面を想起させる。また、登張竹風訳『如是説法ツァラトゥストラ』（昭和十二年五月十九日、山本書店）では、「正午」に「まひる」とルビが振られている。中島は登張訳により、『ツァラトゥストラ』の「正午」の場面を「真昼」に援用した可能性もあるだろう。[7]

親友、氷上英廣が中島の〈南洋行〉中にちょうどニーチェの翻訳を始め、それを中島に報告していたこと、[8]また、中島が〈南洋行〉前にニーチェの『ツァラトゥストラ』を「見本」に作品を編もうとしていたことも「真昼」と『ツァラトゥストラ』との関係を示す傍証になりはしないだろうか。昭和十六年六月、深田久彌宛名刺に「南洋に行く前に書上げようと思つて、西遊記（孫悟空や八戒の出てくる）を始めてゐますが、一向にはかどりません、ファウストやツァラトゥストラなど、余り立派すぎる見本が目の前にあるので、却つて巧く行きません」との書き込みがある。これを受けて、奥野政元[9]とオクナー深山信子[10]が「悟浄歎異」と『ツァラトゥストラ』との比較研究を行い、『ツァラトゥストラ』の一部分が作品に引用されている事実を指摘している。

ここで行いたいのは、「真昼」という、従来中島の〈南洋行〉中の述懐として受け取られてきた作品を、中島が文学作品として精緻に作り上げている事実の指摘である。そして同時に、「私」の中の「ゴーガン」や「ロティ」や「メルヴィル」やら主に〈西洋〉からの〈まなざし〉を意識し、そこから脱却しようとした、「真昼」の書き手としての「私」が、既に作品内において〈西洋〉の文章（＝『ツァラトゥストラ』）を引用する人物でしかないことが書き込まれていた点を重視したい。

また、ツァラトゥストラの「影」が登場する第四部には、「影」「正午」と並び、少し離れて「砂漠の娘」の章がある。

「さすらひ人である影」は、「反近代」を表明し、「鬱陶しい「古いヨーロッパ」からは最も遠く離れた」地を求めて「東洋風の空気があつた」「砂漠」に行った「昔の思い出」の歌を詠む。「お前達いとしい娘よ、一切のヨーロッパ人の熱情、ヨーロッパ人の渇望以上のものだ！　そして俺はそこに既に立つてゐる、ヨーロッパ人として、俺は別に仕様がない、神よ俺を助けたまへ！　アアメン　砂漠は生長する。砂漠を蔵するものは禍だ！」と。結局、「影」が「俺はすでに立つてゐる、ヨーロッパ人として」と自覚することで終わるように、「ヨーロッパ人」としての自己を発見する場面である。[11] この場面は、手塚富雄の解説に、「「砂漠」の一語は、西欧精神とまるで違ったそういう精神風土の全体をさす」もので、「この「影」と自称する西欧知性人は、東方の精神にひかれ、あこがれはするが、やはり東方的にはなりきれず、西欧的な「影」にとどまる。」とある。[12]

ツァラトゥストラの「影」は、「西欧知性人」であり、自らの〈西洋〉とは対照的な存在である「東方」に憧れはするものの、〈文明人〉たる自己に気付かざるを得ない存在なのである。この結論もまた「真昼」と同じ構造を持つといえよう。

さらに、続く「真昼」の文脈からも「私」が〈西洋〉からの〈まなざし〉から抜けることが出来ない様が読み取れる。

「真昼」には、「正午にパンが眠り、すべての自然がまどろむという古代的・南方的な連想(13)」が描かれている。「村は今昼寝の時刻」、〈南洋〉の「海と空」に、「半身を生温い水の上に乗出したトリイトンが嚠喨と貝殻を吹」き、「薔薇色の泡からアフロディテが生れかか」る姿を「私」は見出す。このように「正午」に「トリイトン」や「アフロディテ」が出現するのはギリシャ神話のパターンである。そして、「いけない！　またしても亡霊だ。文学、それも欧羅巴文学とやらいうものの蒼ざめた幽霊だ。」と「私」は自省する。

「ハッキリ視る」ことを求める「私」は、「ゴーガン」「ロティ」「メルヴィル」、そしてニーチェが「反近代」を表明し、「近代」概念に疑いの〈まなざし〉を向けたように、「欧羅巴の・近代」自体に懐疑の視線を向けているといえるだろう。「ロティ」が〈南洋〉に「おほむかしのトリトン(14)」を見、ニーチェがギリシャ精神に回帰した(15)ように、「真昼」の「私」も、〈南洋〉から「トリイトン」や「アフロディテ」を抽出しようとするのである。しかし、「私」はそれが「蒼ざめた幽霊」でしかないことを自覚せざるをえない。これもまた〈西洋〉の「反近代」的な〈まなざし〉をなぞる行為でしかないからである。

以上のように、「真昼」は、目に見える形で「ゴーガン」「ロティ」「メルヴィル」の語句を呈示することで、〈西洋〉からの「蒼ざめた殻」を被ったままの「私」の〈まなざし〉を前景化させ、同時にテクスト自体に『ツァラトゥストラ』を敷くことで、〈西洋〉の〈まなざし〉からの脱却の不可能性をも示していると考えられるのである。

3　「真昼」から「ナポレオン」「マリヤン」へ

「真昼」とは、〈西洋〉からの「蒼ざめた殻」を自覚し、また〈文明人〉として立たざるを得ない「私」を描いた作品である。この「真昼」が存在することで、「ナポレオン」と「マリヤン」の読解には変化が起こるのではないか、考察を加えたい。

「ナポレオン」と「マリヤン」、二作に共通するものは「名」である。しかも、ただの「名」ではなく、日本統治以前の、西洋統治時代の遺産ともいうべき「名」である。マリヤンは「聖母マリヤのマリヤ」を意味する「島民女の名前」である。

この「名」のことを、「ナポレオン」冒頭では、「島民には随分変つた名前が色々とある。昔は基督教の宣教師に命名して貰ふことが多かつたので、マリヤとかフランシスなどといふのが多」いからだと説明されている。ナポレオンとマリヤンはともに、〈西洋〉統治の名残を残した〈南洋〉の「名」を持つ、すでに〈文明〉化された〈南洋人〉である。〈南洋行〉前の中島が理想にしたような「原始的な蛮人」（「狼疾記」）ではなく、〈文明〉化された〈南洋人〉を作品対象にしたことが《環礁》の特徴の一つだといえよう。しかしながら、「ナポレオン」と「マリヤン」では〈文明〉化された〈南洋人〉の描かれ方が全く異なっている。この違いは何を意味するのだろうか。

ナポレオンは、「コロールの街にゐた」少年で、「事件」や「窃盗」などの罪により「十三歳の時に、未成年者への罰として、コロールから遙か離れた南方のS島へ流され」ていた。「言語習慣もパラオとはまるで変つてゐる」「S島」でのナポレオンは、「環境に適応する（といふより之を克服する）不思議な才能を備へて」おり、「S島」でもてあまされ、より遠方の「T島」へ配流される。「私」はその移送に同行している。「環境に適応する」「不思議な才能」とはナポレオンが「二年間此の島でトラック語ばかり使つてゐたために、ナポレオンはパラオ語を忘れ果て」るという、「言語習慣」を超えた「才能」である。本当に「パラオ語を忘れ果て」たのか、その真偽はともかくとして、「私」は、「だが、万更、有り得ないことではないかも知れんなと思」う。それは、「私」が、「何万とも数へ切れぬ数十種の海鳥共」の「一つも名前が判らぬ」様に「唯無性に嬉しくな」るような人物であることが関係するだろう。「私」は、「名前が判らぬ」こと、つまり、無知さを求める人物である。〈南洋行〉前に書かれた、中島の「狼疾記」にある「原始的な蛮人の生活の記録を読んだり、其の写真を見たりする度に、自分も彼等の一人として生れてくることは出来なかつたものだらうかと考へたものであつた。（略）そして輝かしい熱帯の太陽の下に、唯物論も維摩居士も無上命法も、乃至は人類の歴史も、太陽系の構造も、すべてを知らないで一生を終へることも出来た筈ではないのか？」と同様、〈未開〉と〈無知〉とを結び付け、〈文明〉と対比的に捉えている様が読み取れよう。

また「私」は、船からのナポレオンの逃亡を「思ひがけない活劇」「目も醒めるばかり鮮やかな色彩の世界を背景にした南海の捕りもの」と表現し、「嬉しさうな顔をして眺め」「巧くナポレオンが浜に泳ぎ着いて、さて島内の森の中へでも逃げおほせて呉れればいいと、どうやらそんな事を考へ」るなど、ナポレオンの〈文明〉に捕捉されない姿に強く惹かれているように見える。

そして、「T島」に到着したナポレオンが「上陸後三時間にして早くも乾児（こぶん）を作つてしまつた」らしい姿を「私」が捉えたことで物語は閉じられる。ナポレオンは「言語習慣」よりも「環境に適応する」力があるからこそ、どこに移送されても順応でき、「言語」がない世界でも逞しく生きることが可能なのだ、と「私」はナポレオンの「原始的な蛮人」像を評価する。

つまり、中島はナポレオンが〈文明〉から脱却する姿を肯定的に描いているといえよう。「言語習慣」や「名前」を忘れ去ること、即ち〈未開〉状態に戻ることを「有り得ないことではない」と考える姿から、「私」の〈未開〉に向ける〈まなざし〉を読み取ることは困難ではないだろう。「私」は、「すべてを知らないで一生を終える」「原始的な蛮人」（「狼疾記」）の存在をナポレオンの中に見い出し、積極的に〈未開〉表象として価値付けようとしている。

一方の作品「マリヤン」は、マリヤンの繰り返される「いたましさ」を主題としている。マリヤンは、ナポレオンとは異なって、彼女の〈文明〉化した姿は「私」によって「いたましさ」を伴って否定的に捉えられている。マリヤンの住む街は、「熱帯的な美を有つ筈のものも此処では温帯文明的な去勢を受けて萎びてゐ」る街である。マリヤンは、「純然たるミクロネシヤ・カナカの典型的な顔」であり、「身長は五尺四寸を下るまいし」「羨ましい位見事な身体」を持つ。彼女は「内地の女学校に」通ったことがあり、養父が「パラオでは相当に名の聞えたインテリ混血児（英人と土民との）」で、「英語が出来るのも当然」だと言われるほどの「インテリ」な〈南洋女性〉である。しかし、街の描写と同様、マリヤンの容姿の「熱帯的な美」は、「温帯文明的な虚勢」＝〈文明〉を受けて「萎びてゐる」と「私」は捉えるのである。

たとえばそれは、マリヤンの「いたましさ」の描かれ方から窺える。諸岡知徳によって、「こうした「いたましさ」は〈私〉の視線によって生み出された。[16]」との指摘がなされたように、あくまでも「私」の〈まなざし〉が「いたましさ」を見出すのである。

或る時H氏と二人で道を通り掛かりに一寸マリヤンの家に寄つたことがある。（略）其の板の間に小さなテーブルがあつて、本が載つてゐた。取上げて見ると、一冊は厨川白村の「英詩選釈」で、もう一つは岩波文庫の「ロティの結婚」であつた。天井に吊るされた棚には椰子バスケットが沢山並び、室内に張られた紐には簡単着の類が乱雑に掛けられ（略）竹の床の下に鶏共の鳴声が聞える。室の隅には、マリヤンの親類でもあらう、一人の女がしどけなく寝ころんでゐて、私共がはひつて行くと、うさん臭さうな目を此方に向けたが、又其の儘向ふへ寝返りを打つて了つた。さういふ雰囲気の中で、厨川白村やピエル・ロティを見付けた時は、実際、何だかへんな気がした。少々いたましい気がしたといつてもいい位である。尤も、それは、其の書物に対して、いたましく感じたのか、それともマリヤンに対していた〳〵しく感じたのか、其処迄はハツキリ判らないのだが。

マリヤンの「いたましさ」は、『英詩選釈』や『ロティの結婚』を読めるほど教育を受けた〈南洋女性〉と、「私」の〈まなざし〉が映し出すことを選択する〈未開〉表象との大きな隔たりが生み出したものである。「いたましい」のは、〈西洋〉化された「私」の〈まなざし〉がマリヤンを切り取るからである。「真昼」を経たことで、〈西洋〉からの「蒼ざめた殼」を被った「私」の〈まなざし〉が浮かび上るようになっており、「椰子バスケット」や「鶏共の鳴声」や「しどけなく寝ころ」ぶ「一人の女」の姿を目で追おうとする「私」こそが強調されるだろう。「私」の〈まなざし〉がマリヤンの〈未開〉表象を追えば追うほど、「いたましさ」は拡大していく。再度「いたましさ」が描かれる場面では、「マリヤンの盛装した姿」を見て、「私」は、「短い袖からは鬼をもひしぎさうな赤銅色の太い腕が逞しく出てをり、円柱の如き脚の下で、靴の細く高い踵が折れさうに見えた。」と描写する。「鬼をもひしぎさう」なほどの〈南洋女性〉マリヤン。教育され〈文明〉化したマリヤンではなく、徹底的なまでにマリヤンに〈未開〉を見出そうとする「私」の〈まなざし〉は頑固である。「私」は進んで〈南洋〉を自らとは異質なものとして位置付けようとするのである。

繰り返すが、「ナポレオン」と「マリヤン」は同じく〈文明〉化した〈南洋人〉を描き出した作品である。しかしながら、その内容が対を為すのは、配列順によってであろう。「ナポレオン」から「真昼」、そして「マリヤン」への流れのなかで読まれることで、作品「マリヤン」は「真昼」によって規定された「私」を通して読むことになる。「私」が〈西洋〉から借りた〈まなざし〉から脱し得ない存在であることが、作品「マリヤン」を、〈南洋女性〉マリヤンが〈南洋〉外部に如何に抑制されるかが描かれた作品だと認識させるのである。

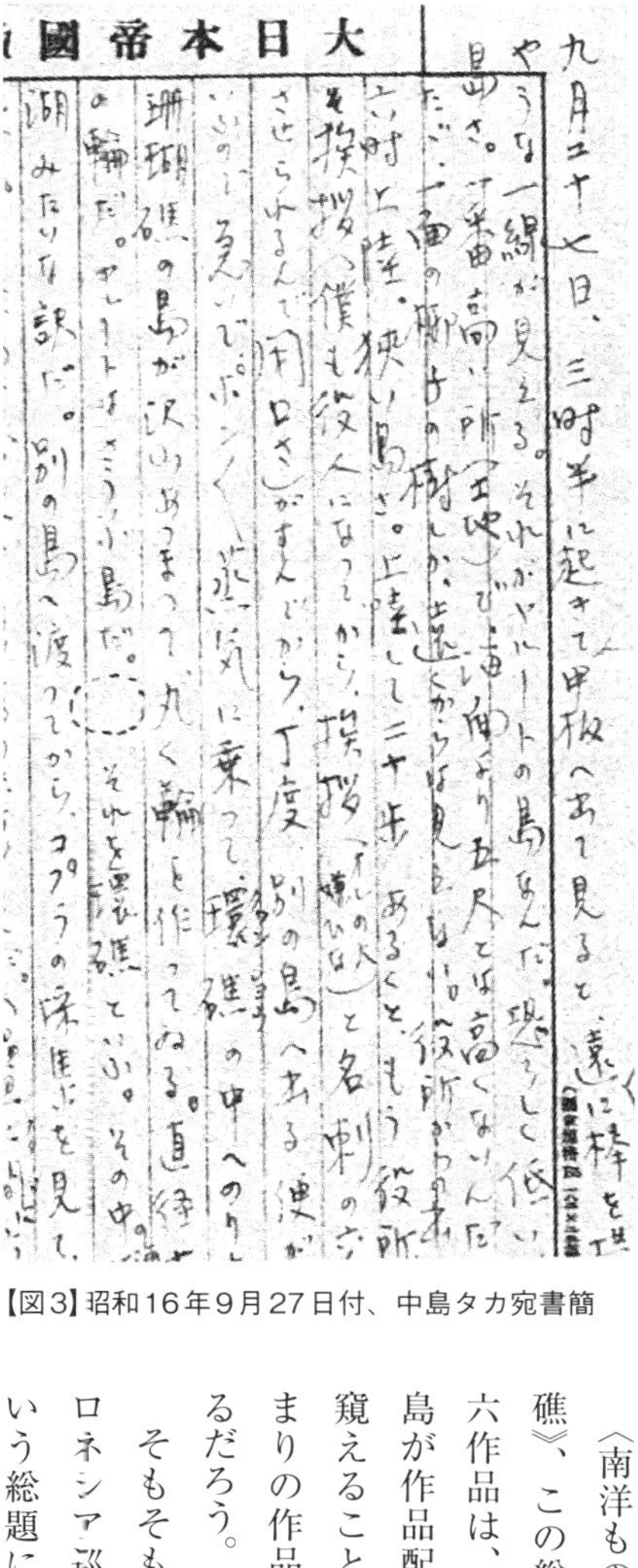
大日本帝國
九月二十七日、三時半に起きて甲板へ出て見ると、

【図3】昭和16年9月27日付、中島タカ宛書簡

〈南洋もの〉のうちの《環礁》、この総題が与えられた六作品は、生成の際に、中島が作品配列に拘った様が窺えることから、ひとまとまりの作品として認識できるだろう。

そもそも《環礁――ミクロネシア巡島記抄――》という総題にある「巡」という文字は、一連の繋がりを感じさせる。また、昭和十六年九月二十七日付、中島タカ宛書簡には、「ポン〳〵蒸気に乗つて、環礁（クワンシヨウ）の中へのり出す。珊瑚礁の島が沢山あつまつて、丸く輪を作つてゐる。直径十何里の輪だ。ヤルートはさういふ島だ。（　）それを環礁といふ。」（【図3】）とある。「環礁」が「輪」を想起させ、「巡」が繋がりを感じさせる語句だと気付くとき、《環礁》として纏められた六作品は、それぞれが独自に存在しているよりも、互いに関連し合いながら成立している作品だと読むことが出来る。《環礁》作品群も一つのまとまりとして「巡」る作品として捉えなおすべきではないだろうか。そして、「巡」る作品であるならば、その中心は「私」を規定する「真昼」であるべきであろう。

本章で考察したように、「真昼」はその直後に置かれた作品「マリヤン」に直接的に影響を与え、「私」の〈未開〉を見ようとする〈まなざし〉を浮上させる。そして、それだけではなく「ナポレオン」から「真昼」、「マリヤン」と配列されたことで、「ナポレオン」において「私」が捉えた「すべてを知らないで一生を終える」〈原始〉的な〈南洋人〉を肯定的に描いたこと自体にも疑問符が挟まれるだろう。さらに言うならば、《環礁》に「真昼」があることで、「原始的な蛮人」像自体を無効化させてしまうのではないか。「ナポレオン」は本当に〈文明〉に抵抗できたのか、と。

つまり、「真昼」が収録されることで、新たな解釈の枠のなかに「ナポレオン」は置かれることになるだろう。「原始的な蛮人」としての「ナポレオン」像のみに焦点が当てられるのではない。「船中の憤怒もハンガー・ストライキも凡て忘れて了」い、「其処の言葉は既に忘れて了つ」たナポレオンのことを、「私には判らない。」と結論付ける意味や、作品が「遂に完全に、青焔燃ゆる大円盤の彼方へ没し去つた。」と閉じられることの意味が再び問われるのである。

このように、《環礁》作品は、「真昼」における「私」の〈まなざし〉を視座とした上で読み直されてよい。これはおそらく他の《環礁》作品にも同様にいえるだろう。中島の《環礁》は、「私」の〈まなざし〉によって〈南洋〉がどのように変質するのかを描く意図があったと考えられるからである。

注

（1）濱川勝彦「南洋行の意味」（『中島敦の作品研究』所収、昭和五十一年九月十日、明治書院）

（2）「キラ・コシサン」は「夫婦」（《南島譚》）の登場人物である。また、「曇天」（「ノート第四」）→「曇天の午後の女」（「ノート第五」）→「夾竹桃の家の女」（《環礁》）との関係から、「曇天」「曇天の午後の女」はともに「夾竹桃の家の女」の原題だと考えられる。

（3）少なくとも〈南洋行〉前に書かれたことは確実な未定稿である。

（4）初出は『南島譚』（昭和十七年十一月十五日、今日の問題社）。成立は昭和十一年頃か。

（5）ニーチェの『ツァラトゥストラ』は、ツァラトゥストラが山を降りるなかで、様々な人物に出会い交流し、自己内対話を行いながら、その思想を表現した作品である。

（6）以下、ニーチェの本文は、断りがない場合はすべて、登張竹風訳『如是説法ツァラトゥストラ』（昭和十二年五月十九日、山本書店）から引用した。

（7）ただし、田鍋幸信作成「中島敦蔵書目録」（『梶井基次郎・中島敦』所収、昭和五十三年二月二十日、有精堂）にはこの書名はない。ニーチェ関連本としては、「ジンメル　藤野渉訳『シヨオペンハウエルとニイチエ』昭和十七年、岩波文庫」がある。

（8）昭和十六年十一月二十二日付、中島敦宛氷上英廣書簡に「此頃翻訳をたのまれニイチエを読んでゐる、（曙光（モルゲンレーテ））とあり、また、昭和十七年八月二十八日付書簡には「ニイチエなんか訳してゐる御蔭で、何でもひとひねりひねつたことしか自分には表現能力がなくなつて了つたのだ」と記されている。

（9）奥野政元「中島敦とニーチェ」（「活水論文集　日本文学科編」第三十四号、平成三年三月）

（10）オクナー深山信子「「悟浄歎異」論――ファウストやツァラトゥストラとの関連を中心に――」（『中島敦・光と影』所収、平成元年三月一日、新有堂）。のちに「『ファウスト』『ツァラトゥストラ』のインターテクストとしての「悟浄歎異」」という題名で『世界文学の中の中島敦』（平成二十三年十二月十日、せりか書房）に収録された。

（11）登張竹風訳『如是説法ツァラトゥストラ』（昭和十二年五月十九日、山本書店）には次のようにある。

その娘達のところでは同じやうに良い・朗かな・東洋風の空気があつたものだ。其処で俺は雲霧の多い・湿つぽい・鬱陶しい「古いヨーロッパ」からは最も遠く離れてゐたのだ！　当時俺はそのやうな東洋娘や雲一つ思想一つ懸つてゐない・別の青い天界を愛してゐた。

(12) ニーチェ・手塚富雄訳『ツァラトゥストラⅡ』(平成十四年五月十日、中央公論新社)

(13) 氷上英廣「ニーチェにおける「大いなる正午」」(『大いなる正午　ニーチェ論考』、昭和五十四年十二月二十日、筑摩書房)。氷上は「正午の静寂は牧神パンが眠る時刻、この「大いなる神パン」の眠りをさまたげないように、すべての自然もまた眠りに入るというモティーフ」を「近代の詩人の中で、正午に独特なアクセントを与えたのはフリードリヒ・ニーチェ」だと指摘している(『大いなる正午　ニーチェ論考』、昭和五十四年十二月二十日、筑摩書房)。親友であった氷上のこの指摘は興味深いものである。

(14) ピエル・ロティ・津田穣訳『ロティの結婚』(昭和十二年十一月十日、岩波書店)

(15) たとえば、ニーチェ『悲劇の誕生』(一八七二年)。なお、『悲劇の誕生』(秋山英夫訳、昭和四十一年六月十六日、岩波書店)を参照した。

(16) 諸岡知徳「中島敦「マリヤン」論――一九四二年の「マリヤン」――」(『阪神近代文学研究』第三号、平成十二年七月)

第六章　中島敦「夾竹桃の家の女」論——ピエル・ロティとの交錯——

1　『ロティの結婚』と「夾竹桃の家の女」

本章では、《環礁》のうち、「夾竹桃の家の女」を取り上げ、作品内部の構造を分析することで、〈南洋もの〉の特徴の一端を見ていく。「夾竹桃の家の女」は、「私」が立ち寄った「夾竹桃が紅い花を簇がらせてゐる家」にいた「一人の女」と、「無言で向ひ合つてゐる中に次第にエロティッシュな興味が生じて来た」「私」の話である。従って、「夾竹桃の家の女」は、「私」の南洋での〝欲情〟を描いた作品[1]で、「ほのかな抒情や色気が漂つてゐて、これまた美しい小品[2]」との評価を受けてきた。しかし、「南洋群島のスケッチ[3]」として受容されてきた「夾竹桃の家の女」は、書名を明示することはなく、ピエル・ロティ『ロティの結婚[4]』が下敷きにされている。この事実は従来看過されてきた。本章では、まず、この点を指摘したうえで、『ロティの結婚』を下敷きにした中島の意図を読み解いていきたい。

ところで、「ロティ」や『ロティの結婚』の語句や書名は、前述したように、《環礁》の「マリヤン」および「真昼」にも登場している。

或る時H氏と二人で道を通り掛かりに一寸マリヤンの家に寄つたことがある。（略）其の板の間に小さなテーブルがあつて、本が載つてゐた。取上げて見ると、一冊は厨川白村の「英詩選釈」で、もう一つは岩波文庫の「ロティの結婚」であつた。（略）其の「ロティの結婚」に就いては、マリヤンは不満の意を洩らしてゐた。現実の南洋は決してこんなものではないといふ不満である。「昔の、それもポリネシヤのことだから、よく分らないけれども、それでも、まさか、こんなことは無いでせう」といふ。

（「マリヤン」）

お前は島民をも見てをりはせぬ。ゴーガンの複製を見てをるだけだ。ミクロネシアを見てをるのでもない。ロティとメルヴィルの画いたポリネシアの色褪せた再現を見てをるに過ぎぬのだ。そんな蒼ざめた殻をくつけてゐる目で、何が永遠だ。

（「真昼」）

第四章で考察したように、《環礁》の「マリヤン」にある、「極めてインテリ」なマリヤンが、『ロティの結婚』に「現実の南洋は決してこんなものではないといふ不満」を抱くとの文脈から、少なくとも中島の作品《環礁》からは『ロティの結婚』と「現実の南洋」との違和が読み取れるだろう。同じく《環礁》の「真昼」では、「お前」（＝「私」）の目が、「ロティとメルヴィルの画いたポリネシアの色褪せた再現」を見る〈まなざし〉であるとの認識が示される。こうした「ロティ」の世界から疎外された〈南洋もの〉に対して、「夾竹桃の家の女」は『ロティの結婚』を想起させるような仕組みを敢えて採用していることになる。

ピエル・ロティは「異国情緒豊かな小説、紀行などを多数発表した」(5) フランス人作家である。日本でロティが翻訳されたのは明治時代。明治二十八年三月から七月まで眠花道人（飯田旗郎）訳「江戸の舞踏会」が掲載され(6)、ロティは〈日本〉の文明開化を描いた〈西洋〉作家として文壇に登場した。彼は、海外においては『お菊さん』の印象が強い作家である。しかし、こと日本においては「南進論」の隆盛とともに『ロティの結婚』など〈南洋〉を題材にした書籍が多く出版されていく。中島が『南島譚』を出版した当時、日本国内では、ロティといえば「南洋の甘いローマンス」作家との認識が浸透していた。[7] ロティの影響を受け、〈南洋行〉したゴーギャンの存在からもうかがえるように、ロティは「南洋の甘いローマンス」といった、多分に〈性〉的な〈南洋女性〉イメージを喚起させるアイコンとして機能していた。

中島敦自身も、『お菊さん』と『RAMUNTCHO』を所蔵している。[8] 中島はロティのそうした受容のされ方を認識していたと捉えられよう。

また、〈南洋行〉前の作品「光と風と夢」にもロティの影響が見て取れる。「オレンジの香」「ミモザの花」など、「光と風と夢」の〈南洋〉描写が、ロティの〈南洋〉描写の一部をなぞるかのようにして成立していた。

水の音が聞えた。暫くして、峙つ①岩壁にぶつかる。水が其の壁面を簾のやうに浅く流れ下つてゐる。其の水は直ぐ地下に潜つて見えなくなつて了ふ。岩壁は攀登れさうもないので、木を伝つて横の堤に上る。青臭い草の匂がむん〳〵して、暑い。②ミモザの花。羊歯類の触手。身体中を脈搏が烈しく打つ。途端に何か音がしたやうに思つて耳をすます。確かに水車の廻るやうな音がした。それも、巨大な水車が直ぐ足許でゴーツと鳴つた様な、或ひは、遠雷の様な音が、二三回。そして、その音が強くなる度に、静かな山全体が揺れるやうに感じた。地震だ。

又、水路に沿って行く。今度は水が多い。恐ろしく冷たく澄んだ水。②夾竹桃、枸櫞樹、たこの木、オレンヂ。其等の樹々の円天井の下を暫く行くと、また水が無くなる。地下の熔岩の洞穴の廊下に潜り込むのだ。私は其の廊下の上を歩く。何時迄行つても、樹々に埋れた③井戸の底から仲々抜出られぬ。余程行つてから、漸く繁みが浅くなり、空が葉の間から透けて見えるやうになつた。

（「光と風と夢」）

一礼して私は表へ出た。月が明るく、②オレンヂの香が何処からか匂つてゐた。

（「光と風と夢」）

五人の人物が、南国の星座の一面にかがやく大空の下で、②ミモザやオレンジの樹々に囲まれ、あたたかい香りの高い大気につつまれて、ロティの洗礼式に出席してゐた。

（『ロティの結婚』）

途方もなく大きな植物が、日陰で、①永遠の洪水にざつぷり漬かりながら、叢生してゐた。①真黒な垂直の岩壁に沿うては、葛や喬木のやうな羊歯、苔や、美しいはこねさうなどが纏ひついてゐた。瀑布の水は、落ちながら飛散して、細かに砕けては水滴となり、沛然として豪雨のごとく、激しく狂ひ乱れる水の集団となつて降りかかつてきた。（略）細かな水のしぶきが、ヴェールのやうにこの世界一帯にたちこめてゐた。ちやうど③井戸の底からでも一瞥するやうに、空が遙か高くに窺はれ、巨丘の頂きはいづれも、模糊とした雲に半ばその姿を消してゐた。

（『ロティの結婚』）

えもいはれぬいい香りが、大気はいづことなく熱帯地方の蒸気をこめてゐて、真昼の太陽のために熱せられすぎた樹上の②オレンジの香りが、ひとしほ強くただようてゐた。

（『ロティの結婚』）

（なお、傍線部に付した①②③は引用者による。）

この「ミモザの花」については、後述するように、現実の〈南洋〉の花ではなく「虚構」であることが指摘されている(9)。つまり、中島の〈南洋〉を舞台にした作品において、先行するロティの作品が、参照されたことが確実だといえる。

さらには、〈南洋行〉中の中島の、昭和十六年十二月二十一日付「南洋の日記」には「'Aziyade'を読む。」とあり、〈南洋行〉中でも、中島がロティの「Aziyade」(10)を手にしていることがわかる。また、同年九月二十九日付日記からは、「ヤルート島民楽団を率ゐ諸離島を巡遊の予定」だという竹内虎三(11)の姿に「夢の国」「ロティの世界」を見ている様が見受けられる。

さて、今回取り上げる、「夾竹桃の家の女」にも『ロティの結婚』との類似が存在する。

たとえば、『ロティの結婚』において、ロティと〈南洋女性〉ララフが出会う場面は次のように描かれる。

> 生れてはじめて、私が私の可愛い友達ララフを見たのは、静かな灼けつくやうな或る日のお昼頃であつた。ファタウアの渓流の常連であるタヒチの若い女たちは、暑さ眠さに耐へかねて岸辺の草の上に、足を澄みきつて冷えびえとした水に浸しながら寝そべつてゐた。（略）空気には私たちの知らない萎え入るばかりの香りがたちこめてゐた。静かに私はこのまどろみの世界に溺れていつた。私はオセアニアの魔力のままに曳きずられていつた。

一方で、「夾竹桃の家の女」の物語も、「午後」に始まる。

> 巨人の頬髯のやうに攀援類の纏ひついた鬱蒼たる大榕樹の下迄来た時、始めて私は物音を聞いた。ピチヤ

〳〵と水を撥ね返す音である。（略）チラと裸体の影を見たやうに思つた時、鋭い嬌声が響いた。つづいて、水を撥ね返して逃出す音が、忍び笑ひの声と交つて聞え、それが静まると、又元の静寂に返つた。疲れてゐるので、午後の水浴をしてゐる娘共にからかふ気も起らない。

「夾竹桃の家の女」において「私」は、〈南洋女性〉への欲情を、「一つには確かに其の午後の温度と、湿気と、それから、其の中に漂ふ強い印度素馨の匂とが、良くなかつたのである。」「全く莫迦々々しい話だが、其の時の泥酔したやうな変な気持を後で考へて見ると、どうやら一寸熱帯の魔術にかかつてゐたやうである。」と弁解する。「或る日のお昼頃」「午後」と時間帯が共通しており、また「若い女たち」の水浴、「萎え入るばかりの香り」、「強い印度素馨の匂」など〈南洋〉らしい〈嗅覚〉が演出され、「オセアニアの魔力」、「熱帯の魔術」や「この国の魔力」と、〈南洋〉の「魔力」が私を〈南洋女性〉の性的魅力と結び付けるといった構造が近しい。

そのうえ、『ロティの結婚』と「夾竹桃の家の女」には、〈南洋女性〉が「猫」と一体化して描かれる点[12]や、「私」が〈南洋女性〉のなかの〈文明人〉である部分、自らと同族性を感じるところに惹かれる点[13]、〈南洋女性〉自体から「南洋の甘いローマンス」が肯定される点[14]の共通を指摘出来る。

以上見てきたように、「夾竹桃の家の女」は、意図的に『ロティの結婚』の構図を踏まえていると読み取れる。「ロティ」の描き出す〈南洋〉表象を想起できるように、「夾竹桃の家の女」は構成されている。たとえば、牟田口義郎（「ロティとタヒチ」、「世界文学」第三十八号、昭和二十五年二月）が、「『ロティの結婚』の中で植物の描写は実に重要な地位を占め」るが、「ミモザは一九二〇年（この小説の舞台は一八七二年）にはじめて輸入された」事実から、「このような虚構性のあることによって、ロティはフランス文学者の中でも、海と海洋の雰囲気に関する最も真実な絵画を残した作家であると言うことが出来よう。」と指摘するように、「ミモザ」が〈南洋〉表象だということ自体、ロティが作り出した虚構である。中島は、「虚構性のある」ロティの創り上げた〈南洋〉像を取り入れていることになる。

2　夾竹桃とは

《南島譚》の「幸福」「夫婦」草稿が記された「ノート第四」、同じく《南島譚》の「雞」草稿が記された「ノート第五」には、《南島譚》および《環礁》の原題と思しきメモが書き込まれている。「ノート第五」の「曇天の午後の女」は、「夾竹桃の家の女」草稿の題名が「或る午後、夾竹桃の家の女」であることから、草稿前の原題だと推測できる(15)。

「曇天の午後の女」「夾竹桃の家の女」との語句からは、「女」の具体性を奪う作為が読み取れるだろう。「夾竹桃の家の女」に描かれる「女」は、「夾竹桃の家」にいる「女」であり、特定の人物ではないのである。このことから、「夾竹桃の家の女」とは、〈南洋女性〉との大枠で捉えられるべき存在であることがわかる。

では、そもそも「夾竹桃」とは何か。

『ロティの結婚』で次のように描かれる。

　三人のタヒチの女は野の花の冠を戴き、裾を曳いた薔薇色のムスリンの胴著を著けてゐた。彼女たちは、ハリグラントとプランケットといふ、このへんてこな名前を発音してはみたけれども、そのごつごつした音が彼女らマオリ族の咽喉に手抗ひしてうまくゆかないので、それぞれ花の名前であるレムナとロティといふ言葉でそれらを表はすことに決めた。

【図1】ゴッホ「ムスメ」（1888）（マルク・エド・トラルボー『ヴィンセント・ヴァン・ゴッホ』平成4年9月30日、河出書房新社）

吉江喬松「ピェル・ロティ（Pierre Loti, 1850-1923）[16]」には、「その名前、ロティとは何か。これは熱帯地に咲く薄紫の可憐な花草の一種である。」とある。工藤庸子は「Lotiというより Roti とつづるほうが、実際の発音に近く、夾竹桃、薔薇、あるいは薔薇色を指すらしい。[17]」とする。末松壽も「現地の三人の女性（王女および二人の侍女）が彼に付けたニックネイムがロティ（Loti. 実は Roti であるという指摘もあるが、これはフランス語を知る者にとってはもちろん採用できない）で、バラないし夾竹桃を意味するという。[18]」と指摘する。これらの研究を通し、「ロティ」は「夾竹桃」だと認識することが可能だろう。ただし、「夾竹桃」の花はそもそも〈南洋〉の花ではない[19]ことは留意すべきである。

ロティの他の作品、『お菊さん』（ピエル・ロチ作・野上豊一郎訳、昭和四年五月五日、岩波書店）にも「夾竹桃」は描かれる。「お菊さん」は、「淡紅色の花をつけた夾竹桃は、彼女と同じやうに日光を浴びて、彼女の傍に咲き乱れてゐた。この若い娘とこの花の咲いた夾竹桃の後には、すべてのものが薄暗い対照をなしてゐた。」と、「夾竹桃」とともに登場する。

『ゴッホの手紙』[20]「第七信」には「ロチの〈お菊さん〉を読んだ。」とあり、「第十二信」に「十二歳の少女の肖像」「可愛らしい小さな手で夾竹桃の花をもっている。」とある。ゴッホが描いた作品、「ムスメ」は「夾竹桃の花」を手に持った「少女の肖像」である（【図1】）。

つまり、「夾竹桃」は、「南洋の甘いローマンス」作家、ロティと接続される単語であった

「夾竹桃の家の女」での「夾竹桃」は、題名にも用いられているように、重要な語句として使われ、「夾竹桃が紅い花を簇らせてゐる家の前まで来た時」から「南洋の甘いローマンス」は始まり、「入口の夾竹桃」から出ることで終わる。「夾竹桃の家」という空間が、「ロティ」と結び付けられ、描かれているのだ。「夾竹桃」および「夾竹桃の家」、そして、「印度素馨の匂」、「熱帯の魔術」という語句は、すべて「ロティ」と結びつくものであり、それらと「南洋の甘いローマンス」は強く結びついている。

しかしながら、「夾竹桃の家の女」は、単純に「南洋の甘いローマンス」を描く作品ではない。では、何が描き出されているのだろうか。

3　「私」の〈まなざし〉

「夾竹桃の家の女」本文を読み解いていきたい。この作品にはひとつの大きな特徴がある。「私」が「夾竹桃の家の女」に欲情を感じたのは、ある過剰な、異常なものへの嗜好があるから[21]」だとの指摘も行われてきたように、物語上、「夾竹桃の家の女」からの動きはない。女は何も答えないのである。従って、彼女の内面は、「私」の解釈に委ねられることになる。「夾竹桃の家の女」は、「私」の解釈を描き出した作品と位置づけられる。

私が逃出さなかつたのは、女の目付の中に異常なものはあつても凶暴なものが見えなかつたからである。いや、まだもう一つ、さうやつて無言で向ひ合つてゐる中に次第に微かながらエロティッシュな興味が生じて来たからでもあつた。実際、その若い細君は美人といつて良かつた。パラオ女には珍しく緊つた顔立で、恐らく内地人との混血なのではなからうか。顔の色も、例の黒光りするやつではなくて、艶を消したやうな浅黒さである。何処にも黥の見えないのは、其の女がまだ若くて、日本の公学校教育を受けて来たためであらう。弁解じみるやうだが、一つには確かに其の午後の温度と、湿気と、それから、其の中に漂ふ強い印度素馨の匂とが、良くなかつたのである。

私には先程からの、女の凝視の意味が漸く判つて来た。何故若い島民の女が（それも産後間もないらしい女が）そんな気持になつたか、病み上りの私の身体が女のさういふ視線に値するかどうか、又、熱帯ではこんな事が普通なのかどうか、そんな事は一切判らないながら、とにかく現在のこの女の凝視の意味だけは此の上なくハツキリ判つた。女の浅黒い顔に、ほのかに血の色が上つて来たのを私は見た。

全く莫迦々々しい話だが、其の時の泥酔したやうな変な気持を後で考へて見ると、どうやら私は一寸熱帯の魔術にかかつてゐたやうである。

「夾竹桃の家の女」は言葉を発しない。ここでは、「私」の〈まなざし〉の強さだけが浮かび上がる。「私」の「エロティッシュな興味」が前景化されているのだ。

「私」は、「美人」「内地人との混血なのではなからうか」「パラオ女には珍しく緊つた顔立」「艶を消したやうな浅黒さ」「日本の公学校教育を受けて来たためであらう」と、目で見た情報を自分の基準で判断し、「熱帯ではこんな事が普通なのか」と解釈することで、「女の凝視の意味」が「此の上なくハツキリ判」るという。そのうえで「女の浅黒い顔に、ほのかに血の色が上つて来たのを私は見た。」のである。

草稿「或る午後、夾竹桃の家の女」からは、中島がこの「私」の〈まなざし〉の順序に如何に拘ったかが読み取れる（【図2】）。[22] 草稿でこの部分は、「④女の浅黒い顔にほのかに血の色が上つて来たのを私は見逃〔さな〕かつた。」「①私には先程からの女の凝視の意味がやつと判つてきた。」「③途端に先方には、私にそれが通じたことが判つたらしい。」との順序であった。

このように、草稿からははっきりと、「私」から「女」への〈まなざし〉の順序に拘る様が窺える。さらには、草稿から定稿へと書き進められることで、「私」の〈まなざし〉の一方的なところが強調されたと考えて良い。「夾竹桃の家の女」からは、「女」の「熱病めいた異常なもの」を、「エロティッシュな興味」を持った〈まなざし〉によって意味付ける「私」が見出せるのである。そして、定稿では、そうした「私」の〈まなざし〉を規定したのは、「印度素馨の匂」であり、また、「熱帯の魔術」といった『ロティの結婚』を想起させるものであったという構図が示される。

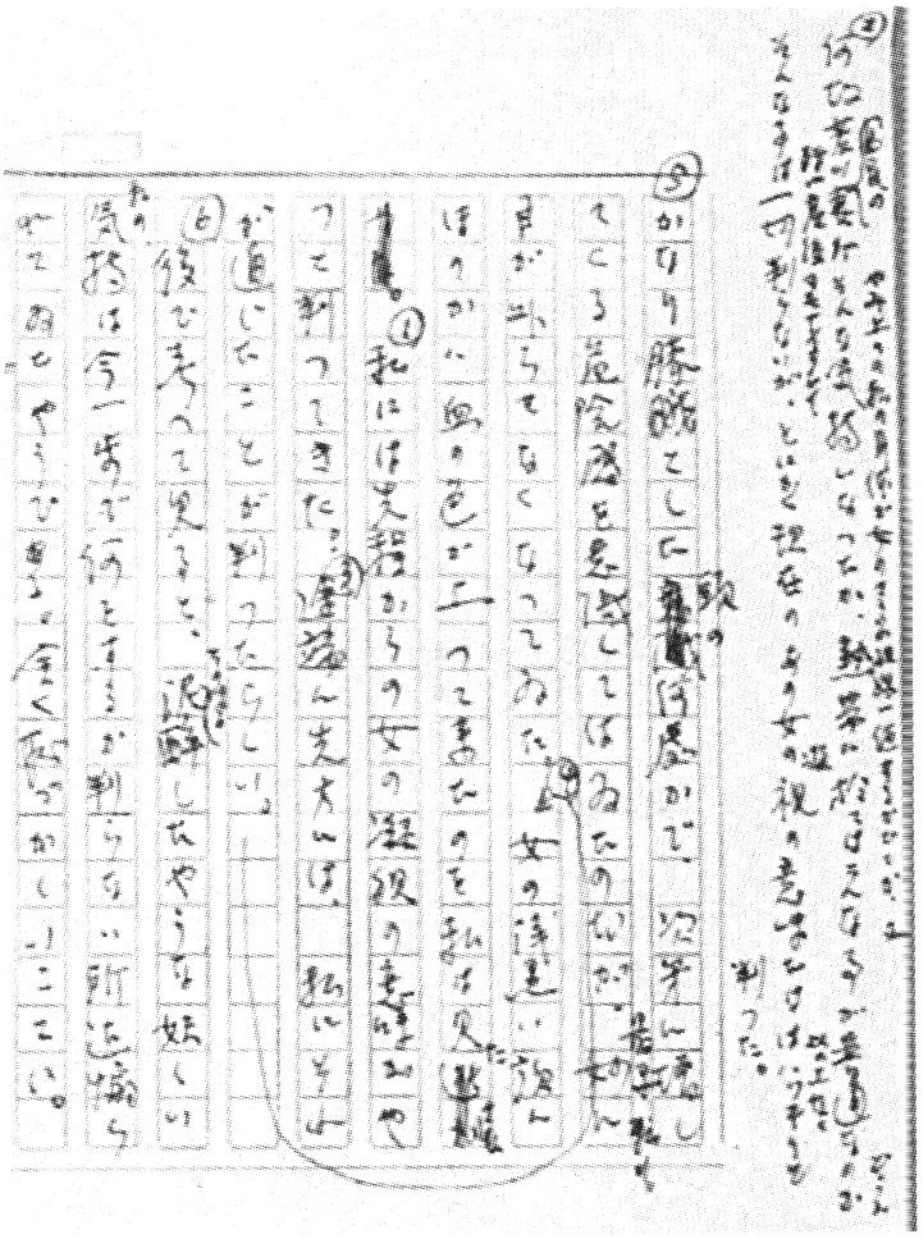

【図2】草稿「或る午後、夾竹桃の家の女」

草稿欄外に「漂ふ印度素馨の匂ひ」「強い甘い匂の漂つてくるのは、多分此の裏にでも印度素馨が植わつてゐるのだらう」「ずつと丈の低い夾竹桃が三四本、一杯に花をつけてゐる。墓の石畳の上にも点々と桃色の花が落ちてゐた。」「入口の夾竹桃」「全く莫迦々々しい話だが、其の時の泥酔したやうな変な気持を後で考へて見ると、どうやらは一寸熱帯の魔術にかかつてゐたやうである。」といった文章が記載されていることも興味深い。

草稿「或る午後、夾竹桃の家の女」、および、定稿「夾竹桃の家の女」においても、「夾竹桃の家」は意識的に「ロティ」と結びつけられている。

また、「夾竹桃の家」という空間で起こった出来事は、すべて、「先刻の」「其の時の」「後で考へて見ると」などと、「夾竹桃の家」での出来事以後の時点から過去形で語られていることは重要であろう。「弁解じみるやうだが、一つには確かに其の午後の温度と、湿気と、それから、其の中に漂ふ強い印度素馨の匂とが、良くなかつたのである。」や、「全く莫迦々々しい話だが、其の時の泥酔したやうな変な気持を後で考へて見ると、どうやら私は一寸熱帯の魔術にかかつてゐたやうである。」とあるように、「夾竹桃の家の女」との出来事は、「全く莫迦々々しい話」だと語られ、「熱帯の魔術」だったと振り返る「私」という構図が取られている。「夾竹桃の家」での出来事の原因はすべて、「強い印度素馨の匂」「熱帯の魔術」といった、『ロティの結婚』が生み出す「南洋の甘いローマンス」だとされる。ここでは、「南洋の甘いローマンス」から逃れることの困難さが読み取れる。

「夾竹桃の家の女」という作品は、「私」の中にあったロティの〈まなざし〉を自覚し、そこから逃れようとした「私」による物語である。

ロティの〈まなざし〉、つまり、「南洋の甘いローマンス」は、「私」のどのような状態と結びついているのか。

そもそも、本文は、次のように始まる。

午後。風がすつかり呼吸を停めた。（略）

眩暈を感じて足をとゞめる。道傍のウカル樹の幹に手を突いて身体を支へ、目を閉ぢた。デングの四十度の熱に浮かされた時の・数日前の幻覚が、再び瞼の裏に現れさうな気がする。其の時と同じ様に、目を閉ぢた闇の中を眩い光を放つ灼熱の白金の渦巻がぐるぐると廻り出す。いけない！　と思つて直ぐに目を開く。（略）何といふ静けさだらう！　村中眠つてゐるのだらうか。人も豚も鶏も蜥蜴も、海も樹々も、咳き一つしない。

「風」がなく、「村中眠つてゐる」場所で、「私」は「眩暈」を起こしている。しかも、「幻覚」を見たときと同じ状態である。そこで、「私の疲れ（といふか、だるさといふか）は堪へ難いものになつて来た。私は其の島民の家に休ませて貰はうと思つた」。「夾竹桃の家」に入ると、「何処からか強い甘い匂の漂つて来る」。その「匂は今日のやうな日には却つて頭を痛くさせる位に強烈」であった。次第に、「生温い糊のやうなものは頭にも浸透して来て、そこに灰色の靄をかける。関節の一つ一つがほごれた様にだる」くなる。

「私」から理性は奪われていると解釈できよう。

「私」は、「ひよつとすると、先刻の猫が此の女に化けたんぢやないと（確かに頭がどうかしてゐた）本当に、極く一瞬間だが、そんな気がした。」という。ここに登場するのは、現実の猫ではなく、「幻」に繋がる存在である。「私」の「頭がどうかしてゐた」状態が強調される。

このように、「幻覚」や「灰色の靄」がかかった「頭」の状態でのみ、「南洋の甘いローマンス」が成立するという構図が見て取れる。「私」の理性を奪い去る「南洋の甘いローマンス」。

では、「夾竹桃の家の女」は、そうした「南洋の甘いローマンス」の強制力を描いたのだろうか。

「夾竹桃の家の女」には、「私」が「夾竹桃の家」を出たあとに、次の文章が続けられる。

三十分程も経つたらうか。突然、冷たい感触が私を目醒めさせる。風が出たのか？　起上つて窓から外を見ると、近くのパンの木の葉といふ葉が残らず白い裏を見せて翻つてゐる。有難いなと思つて、急に真黒になつ

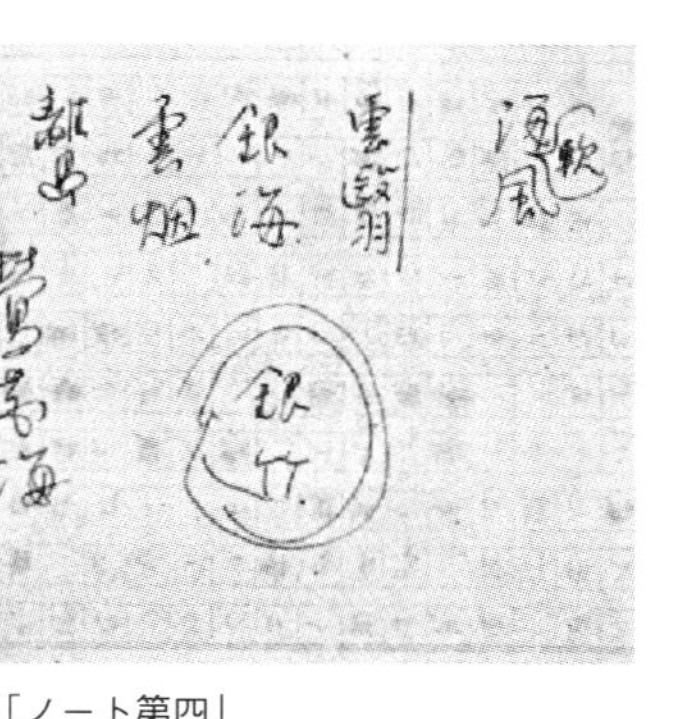

【図3】創作メモ「ノート第四」

た空を見上げてゐる中に、猛烈なスコールがやつて来た。屋根を叩き、敷石を叩き、椰子の葉を叩き、夾竹桃の花を叩き落して、すさまじい音を立てながら、雨は大地を洗ふ。人も獣も草木もやつと蘇つた。遠くから新しい土の香が匂つて来る。太い白い雨脚を見ながら、私は、昔の支那人の使つた銀竹といふ言葉を爽かに思ひ浮かべてゐた。

ロティの作り上げた世界でもある「夾竹桃の花」を「叩き落」し、「銀竹といふ言葉」を「私」は「爽やかに思ひ浮かべ」る。

「銀竹といふ言葉」に関して、中島敦の創作メモ「ノート第四」には「雲翳」「銀海」「雲烟」といった語句とともに「銀竹」が記されている（【図3】）。「銀竹」とは「比喩大雨[23]」のことで、宋陸游の漢詩「七月十七日大雨极涼」では「変化只在須臾間」として使われている。つまり、「銀竹」とは、前後の景色を変化させるものを指す。「昔の支那人の使つた銀竹」とは、漢詩的な景色（見立て）を投影した表現と捉えることが出来よう。

「夾竹桃」は、「ロティ」に結びつけられたものであった。それを叩き落とす「猛烈なスコール」。そして、それに「昔の支那人の使つた銀竹といふ言葉」を投影することで、ものの見方を変え、「爽かに」感じる「私」が描かれる。つまり、「私」が「昔の支那人の使つた銀竹といふ言葉」を風景に結びつける〈まなざし〉を持つことで、ようやく「夾竹桃の家の女」との「南洋の甘いローマンス」から離れられるのである。

「猛烈なスコール」と「銀竹といふ言葉」を結び付けるのは、「大雨」という概念である。「私」が「南洋の甘いローマンス」から逃れるためには、それを別の何かに関連づけることでしか成し得ない様が描かれている。

「夾竹桃の家の女」は《環礁》の総題の下、纏められた短編小説である。この作品はピエル・ロティの『ロティの結婚』と同質の構図を持つ。従来から、ロティやゴーギャンといった〈未開〉／〈原始〉的世界へ憧れを抱いていた中島にとって、ロティ作品からの影響は珍しくはない。

しかしながら、〈南洋行〉後に書かれた作品群においては、ロティ作品は単に肯定的に描かれるものではない。特に「真昼」では、「私」の見る〈南洋〉が、「ロティとメルヴィルの画いたポリネシアの色褪せた再現」であり、「私」の「目」が「蒼ざめた殼をくつつけてゐる目」だとする。

そうした中で、「夾竹桃の家の女」が、『ロティの結婚』を想起させる構図を敢えて敷いているのになぜなのか。「夾竹桃の家の女」において特徴的といえるのは、「女が何も答へない」ことである。「女が何も答へない」ことによって、「私」の解釈が描かれることになり、過剰なまでに一方的な「私」の〈まなざし〉が浮かび上がる。すべては「私」の解釈なのであり、そうした「私」の〈まなざし〉は、「ロティ」による「南洋の甘いローマンス」を借りた〈まなざし〉だと示される。

しかし、「夾竹桃の家の女」は、最終部分で、「ロティ」の〈まなざし〉から逃れる方法として、「昔の支那人の使つた銀竹といふ言葉」が採択された。つまり、「夾竹桃の家の女」は、『ロティの結婚』を下敷きにし、『ロティの結婚』を意識させるような装置を作りながら、最後に「昔の支那人の使つた銀竹といふ言葉」を配置させることで、ロティに結びつけられた世界を転覆させようとしているのである。だが、それは「支那人の使つた銀竹といふ言葉」というまた別の〈まなざし〉を借りることで行われたことを見逃してはならない。前章までで見てきたように、《環礁》作品群は、「南洋の甘いローマンス」といった〈西洋〉から借りた〈まなざし〉から逃れることの困難さを描いており、この作品もまた、「私」の〈まなざし〉がごく単純にそれに接続してしまう様を描き出している。加えて、「私」の〈まなざし〉がすこぶる簡単に別の無関係な概念に結び付く様をも書き表すことで、「借り物でない・己の目でハッキリ視る」(「真昼」)こと自体の難しさを示している。

「夾竹桃の家の女」は、「私」の〈まなざし〉の動態そのものを描いたテクストだと捉えることが出来るだろう。

注

(1) 浦田義和『占領と文学』(平成十八年二月二十日、法政大学出版)

(2) 佐々木基一「近頃面白かつたもの」(「現代文学」第六巻第四号、昭和十八年四月)

(3) 注(2)に同じ。

(4) 以下、本稿における『ロティの結婚』本文は、『ロティの結婚』(ピエル・ロティ作、津田穣訳、昭和十二年十一月十日、岩波書店)より引用する。

(5) 日本フランス語フランス文学会編『フランス文学辞典』(昭和四十八年九月十日、白水社)

(6) 「江戸の舞踏会」は「婦女雑誌」第二巻第六号、七号、十号、十一号、十二号、十三号に掲載された。

(7) たとえば三好武二「文学となつた太平洋——太平洋を描いた作品と作家たち」(「世界知識」第八巻第五号、昭和十年五月)には「ロンドンの男性的豪快さに反し、飽くまでも繊細優美な女性的作風を示し、一世に「南洋の甘いローマンス」を流した人に、日本物では「お菊夫人」の作家ピエル・ロチを見出す。」とあり、八幡一郎「×××ピエル・ロティのことなど×××」(「ひだびと」第十巻第一号、昭和十六年月一日)には「例へば「ロティの結婚」を読むとすれば、タヒチの自然とその自然に依據する島民の生活とをロティが如何に観察し、理解し、表現したかと云ふ面に心惹かれつゝ、読む自分に気付くのである。」とある。

（8）田鍋幸信「中島敦蔵書目録」（『梶井基次郎・中島敦』所収、昭和五十三年二月二十日、有精堂）に拠る。

（9）牟田口義郎「ロティとタヒチ」（「世界文学」第三十八号、昭和二十五年二月）

（10）落合孝幸『増補版　ピエール・ロティ――人と作品――』（平成四年九月一日、駿河台出版社）には、「「英国海軍中尉の日記書簡抄」という匿名で発表されたこの処女作は、ロティが二十六歳から二十七歳にかけて、すなわち一九七六年二月から一八七七年三月の間にトルコですごした日々の体験にもとづいて書かれ、一八七九年、二十九歳のときに出版されたが、当時はあまり世評にのぼらなかった。」とある。

（11）本書の第二章、第三章で詳しく触れた。

（12）『ロティの結婚』で、ララフが猫と同一視される描写は三カ所ある。

「ララフは赤黒い眼を持つてゐて、それは異国的な憂鬱さと、愛撫される子猫に見られるやうな魅惑的な優しさをたたへてゐた。」「ララフは一匹のおそろしく醜い猫を持つてゐて、私の来るまではこれに彼女の最もあたたかい愛情がそそがれてゐた。（略）ララフはこれを呼ぶのに、世にも最も愛情の籠つたかうした名前を惜しげもなく使つた。」「あの女はもう最近はずゐぶん身を持ち崩してゐた――けれども、ともかく一風かはつた珍らしい女の子だつた。いつも、まるで生気の無い姿のうへに、新鮮な花の冠をのせてゐた。あの子はたうとう宿無しになつて耳輪のついた、ひよわな年老いた猫を一匹連れてあるいてゐた」「あの娘は病身の猫といつしよに、あの子の島のボラーボラへ戻り、ここで死んでいつた」。

一方、「夾竹桃の家の女」でも「夾竹桃の家の女」は猫と同一視される。

「太い丸竹を並べた床の上に、白い猫が一匹ねそべつてゐるだけである。猫は眼をさまして此方を見たが、一寸咎めるやうに鼻の上を顰めたきりで、又目を細くして寝て了つた。」「一寸後を向いて家の中を見ると、驚いた。人がゐる。一人の女が。何処から何時の間に、はひつて来たのだらう？　先刻迄は誰もゐなかつたのに。白い猫しかゐなかつたのに。さういへば今は白猫がゐなくなつてゐる。ひよつとすると、先刻の猫が此の女に化けたんぢやないかと〈確かに頭がどうかしてゐた〉本当に、極く一瞬間だが、そんな気がした」。

(13)『ロティの結婚』では、〈南洋女性〉ララフは次のような特徴を持つ。

「彼女はすでにひとかどのしやれた文明人であつた。」「他の人々はむしろ嘲笑の標としたけれども私としては大好きなあの額の微かな刺青が無かつたら、彼女は白人の少女だといつて一向さしつかへない。――けれども陽向では、肌に灰褐色の光沢、薔薇色の銅の異国的な色合ひが見えた。――それはなほアメリカの赤色人種の姉妹であるマオリ族を想ひ出させた。」「彼女はヨーロッパの女性の生活に関する知識を学び取り、特に私ゆゑに英語を学んでもうほとんどこれに習熟しかけてゐた。彼女はこれを子供のやうな率直な、奇妙な語調で話したが、シラブルが言ひにくくて上手に発音することのできぬ廃語ををりをり口にするときも、彼女の声は依然として一さうの柔らかみを帯びるやうに思はれた。」「彼女の上手に発音できる単語や文句があつた――が、そのとき彼女は私と同じ種族、同じ血族の少女のやうに思はれ、それは突然おたがひを、神秘な思ひも寄らぬ仕方で、近寄せるやうに思はれた」。ララフは、「マオリ族」の外見を有しながらも、中身が〈文明人〉に近づくことで、白人である主人公の恋愛の対象になる。

また、「夾竹桃の家の女」でも、同じような流れが見受けられる。

「私が逃出さなかつたのは、女の目付の中に異常なものはあつても凶暴なものが見えなかつたからである。いや、まだもう一つ、さうやつて無言で向ひ合つてゐる中に次第に微かながらエロティッシュな興味が生じて来たからでもあつた。実際、その若い細君は美人といつて良かつた。パラオ女には珍しく緊つた顔立で、恐らく内地人との混血なのではなからうか。顔の色も、例の黒光りするやつではなくて、艶を消したやうな浅黒さである。何処にも黥(いれずみ)の見えないのは、其の女がまだ若くて、日本の公学校教育を受けて来たためであらう。右の手で膝の児を抑へ、左の手は斜め後(うしろ)に竹の床(ゆか)に突いてゐるが、其の左手の肱と腕とが(普通の関節の曲り方とは反対に)外側に向つてくの字に折れてゐる。斯ういふ関節の曲り方は此の地方の女にしか見られないものだ」。

(14) 『ロティの結婚』と「夾竹桃の家の女」では、現地女性による「南洋ロマンス」への関わり方も共通している。『ロティの結婚』では、「しばしば、通りすがりの船乗りどもが一身代稼がうとやつて来た。――そこには、黒人の女テトゥアラが君臨してゐた。（略）テトゥアラはメラネシアの黒カナカ族に属してゐた。（略）ここで彼女は英国人の御令嬢がたのあひだに迷ひこんだ一ゴンゴ人のやうな印象を与へてゐた。」「彼女、テトゥアラは、もしこの二人の女の子が私になついたのであつたら、彼女自身としては大いにほくそ笑んだに違ひなかつた。」「ねえ、ロティ、アピレ村のララフを、あなた、お嫁になさつては、いかが？」」。

「夾竹桃の家の女」では、「アミアカとマンゴーの巨樹の下を敷石伝ひに私は漸く宿に帰つて来た。身体も神経もすつかり疲れ果てて。私の宿といふのは、此の村の村長たる島民の家だ。私の食事の世話をして呉れる日本語の巧い島民女マダレイに、先刻の家の女のことを聞いて見た。（勿論、私の経験をみんな話した訳ではない。）マダレイは、黒い顔に真白な歯を見せて笑ひながら、「ああ、あのベッピンサン」と言つた。そして、付加へて言ふことに、「あの人、男の人、好き。内地の男の人なら誰でも好き」。

いずれも、〈南洋〉自身から肯定される〈文明人〉（「私」）と〈南洋女性〉との「恋愛」である。

(15) 「ノート第四」「ノート第五」の画像は、第五章に【図1】【図2】として掲載している。

(16) 吉江喬松「ピエル・ロティ（Pierre Loti, 1850-1923）」（佐藤義亮編『世界文学講座　仏蘭西文学篇（下）』所収、昭和六年三月五日、新潮社）

(17) 工藤庸子「解説」（ピエール・ロティ、工藤庸子訳『アジヤデ』所収、平成十二年二月五日、新書館）

(18) 末松壽「『ロティの結婚』はどのように作られているか」（「山口大学独仏文学」第二十七号、平成十七年十二月）

(19) たとえば文部省専門学務局編『南洋新占領地視察報告』（大正五年三月三十一日、文部省専門学務局）には、以下の調査結果が記されている。夾竹桃は、〈南洋〉の花ではなく、〈西洋〉からもたらされた外来種である。

大正四年一月二日、三日、四日、五日調査

East Caroline Island.（東カロリン群島ノ中）Truk（トルック島）植物目録

Neriumi odorum,Soland. キヤウチクトウ独人居留地ニ栽培

大正四年一月八日及び九日

East Caroline Island.（東カロリン群島ノ中）Ponape.（ポナペ島）植物目録

Neriumi odorum, Soland. キヤウチクトウ独人居所跡ニ栽培

大正四年一月十三日、十四日、十五日調査

Marshall Island..（マーシャル群島）ノ中 Jaluit　ジヤルート島植物目録

Neriumi odorum, Soland. キヤウチクトウ独人庭園鑑賞栽培

(20) ファン・ゴッホ・硲伊之助訳『ゴッホの手紙』（昭和三十年一月五日、岩波書店）

(21) 注（1）に同じ。

(22) 『中島敦全集』より草稿を引用する。勝又浩による「解題」に「原文にある抹消、挿入、併記をそれぞれ本文中に　、〔　〕、［　］で表示した。」とあり、以下その通り記載した。

弁解じみる様だが、一つには確かにその午後の湿度と温気と〔それから、〕〔その中に漂ふ〕強い印度素馨の匂と〕が良くなかつたのである。⑤かなり朦朧とした意識頭の何処かで、次第に増してくる危険感を意識してはゐたのだが、〔最早、私も〕妙に目が外らせなくなつてゐた。④女の浅黒い顔にほのかに血の色が上つて来たのを私は見逃〔さな〕かつた。①私には先程からの女の凝視の意味がやつと判つてきた。〔②何故若い〔殊に産後マモナイラシイ〕〔島民の〕妻がそんな気持になつたか、〔やみ上りの私の身体が女のさういふ視線に値するかどうか、又〕熱帯に於てはこ

んな事が普通なのかどうか、そんな事は一切判らないが、とにかく現在のあの女の〔凝〕視の意味だけは〔此の上なく〕ハッキリと判つた。〕③途端に先方には、私にそれが通じたことが判つたらしい。⑥後で考へて見ると、〔その時の〕泥酔したやうな妖しい〔私の〕気持は今一歩で何をするか判らない所迄煽られてゐたやうである。

(23) 漢語大詞典編輯委員会編『漢語大詞典(第十一巻)』(一九九三年六月、漢語大詞典出版社)には次のように説明される。

【银竹】银白色的竹子。常比喻大雨。唐李白《宿虾湖》诗:〃白雨映寒山,森森似银竹〃宋陈 与义《秋雨》诗:〃病夫强起开户立,万个银竹惊森罗。〃宋陆游《七月十七日大雨极凉》诗:〃 瓦沟淙淙万银竹,变化只在须臾间。〃

【银海】①银色的海洋。云、水、冰雪与日,月光华互相辉映产生的景色。宋陆游《月夕》诗:〃天如玻璃钟,倒覆湿银海。〃明汤式《集贤宾・客窗值雪》套曲:〃观不足严凝景致,王壶春 艳艳,银海夜悽悽。〃明顾元庆《夷白斋诗话》:〃雪山……高寒多积雪,朝日曜之,远望日光 若银海。〃赵朴初《临江仙・飞行中作》词:〃玉峰迎旭日,银海纳长虹。〃

第七章　中島敦《南島譚》論――〈病〉と〈南洋〉――

1　〈南洋〉における「幸福」

本章では、《南島譚》との総題のもとで纏められた「幸福」「夫婦」「雞」を扱う。これらには、浄書原稿（所謂「別稿」）が残されており、もともと、この三篇が「遠い島の話／中島敦」と総題が付されていたことがわかっており、「遠い島の話」としてくくろうとする中島の意図が判明する。[1]

ここから、これら三篇を通して見いだせる批評性を探りたい。具体的には共通項として〈病〉と〈幸福〉を挙げ、それらを中心に読み解いていく。

まず、〈日本〉による〈南洋〉統治の特徴をまとめていく。

第一章でも言及したが、南洋経済研究所「南洋群島島民教育概況（中）」（「南洋資料」第三七七号、昭和十九年三月）には、「之から人とならうとする未開無智の者を教化する」ため、「島民の幸福を感得させることが肝要である」と記され、「島民ノ幸福ナルコトヲ了知セシムコトヲ根元トシ」指導するべきだと続けられる。同じような言説は、南洋経済研究所「南洋群島島民教育概況（下）」（「南洋資料」第四二九号、昭和二十年三月）に収録された、「国語読本第二次編纂――大正十四、二＝本科用巻一、巻二、巻三＝補習科用巻一、巻二＝編纂者＝芦田恵之助氏（前東京高等師範学校訓導文部省図書編輯官）」の「南洋群島国語読本編纂趣意書」にも見受けられる。中島敦が編纂に携わった「南洋群島国語読本」の根本方針も、「一に国語を学習することによつて、島民の幸福を増進すること」を「第一義」としていた。

「未開無智」である「島民」に、「島民の幸福」を「感得させる」べきであって、それは「国語を学習」することによって可能だといった言説が多く存在する。「人民の福祉及び発達」を〈文明〉国の「使命」として〈南洋〉統治を委任されていた日本の主導下で島民教育は行われていたのである。戦時下の〈南洋〉における「幸福」とは、「島民」の「教化」と強く結び付いていた。

そんななか、中島敦の書簡からは、中島の、「教育」による「島民の幸福」自体への懐疑の視線が読み取れる。中島は、夫人、中島タカ宛書簡（昭和十六年十一月九日付）に、「土人を幸福にしてやるためには、もつと〱大事なことが沢山ある」、しかし「その土人達を幸福にしてやるといふことは、今の時勢では、出来ない」「なまじつか教育をほどこすことが土人達を不幸にするかも知れない」と書く。この視線を補助線に、〈南洋もの〉を見ると、どのような読みが可能なのか。後ほど考察を加えたい。

さて、〈南洋〉島民への「教化」に関しては、教育ともう一つ、医療分野に力が注がれていた。

矢内原忠雄『南洋群島の研究』[2]には、「日本時代に於ては、医療機関の増加は普通教育機関の増加と相併ぶ二大文化的施設」との文章がある。ここから、「教育」と並ぶ「島民教化」の方法として「医療」を重視した方針が見受けられよう。

〈南洋〉における〈病〉についてては、条約局法規課編『委任統治領南洋群島　後編』[3]に、日本統治以前は、「宣教師等において簡単な医療を施した程度にすぎなかつた」が、「日本の占領後は、大正四年二月、南洋群島傷病救療規程を発布」し、「その後邦人の渡島者及び島民受療者の増加に伴い、次第に医院職員の増加及び医療施設の完備につとめ」たとあり、また、医師や看護師なども「内地においてそれぞれの資格を有する者」から選ばれたことなど、日本の統治方法として重要視されていたことがわかっている。

藤野豊は「ヤップでの現地住民の人口減少が国際連盟で問題化していたため、南洋庁は、医療を充実させ人口減少に歯止めをかける姿勢を連盟に示さねばならず、かつ南洋群島における「善政」を印象付けるため」に〈病〉を治癒する必要があったからだと指摘する。(4)

当時の〈南洋〉では「癩病」が流行し、その治療が〈文明〉国たる日本に任せられていた。たとえば、「文明国に於ては予防、根絶に鋭意腐心の結果大に其数を減じたるは社会衛生又は人類の福祉の為め大に喜ぶ所」(5)であり、「南洋島民は衛生知識なく生活亦原始的なるを以てかゝる接触伝染病を助長萬延せしむる危険率最大なり」(6)といった言説である。「癩菌の発見」によって「文明国」では「予防、根絶」しうる〈病〉であるとの認識があり、そのうえですべての原因が「南洋島民」の「衛生知識なく生活亦原始的なる」点だと指摘されていく。

〈病〉を医学で〈治療〉することについては、「皇道精神に基く合理的な救済の効果が現れ帝国の治下にあるの幸福を自覚する時も遠くないことと信ずる」(7)とあるように、島民の〈幸福〉にも結び付けられる。

以上見てきたように、〈病〉を〈治療〉すること、それが「島民の幸福」に繋がるとされた時代において、それらの〈病〉は近代医学で〈治療〉されるべきものであった。従って、当時の日本政府は、島民に「衛生思想」を学ばせ、「原始的なる」生活を改善することを求めたのである。

冨山一郎は、〈南洋〉での〈日本〉の統治について、「日本の植民地主義は、医療・衛生制度や職業教育を中心とした」点を指摘し、「「彼らは何者か」という認識論的な語りと、「彼らをどうするのか」という実践的な語りが癒着している」点を見出す。(8)そのうえで、当時〈南洋〉で活躍した、南洋庁嘱託の人類学者、杉浦健一の言説から「観察された諸徴候から「島民固有の文化」を構成したのち、この文化の「保存のみに努力していては開発は不可能」だとして、「彼らの過去を知り、旧慣に歩調を合わせて改善を指導すべきであるとした。彼らの「固有文化」を観察することは、治癒すべき病巣を構成することでもあったのだ。」と指摘する。[9]〈南洋〉では、「島民」の「昔ながらの本質及び文化を保持」することは不可能だが、出来る限り観察し、「過去を知り」「治癒すべき病巣」を発見し、そのうえで「開発」すべきだとの認識があった。

さて、中島の《南島譚》作品のひとつ、「雞」の「私」は、民俗学者土方久功をモデルにしている。土方は人類学者であった杉浦と同じく、南洋庁嘱託のパラオでの現地民俗調査を行った人物である。その土方がパラオの伝説を収集した書籍の序文には、興味深い文章が収められている。当時の〈南洋〉における人類学者の第一人者であった長谷部言人による序文である。長谷部は、「今や五万の島民は皇国臣民として大東亜建設に参加し、倍数に達せる在留邦人に抱擁され」ることで、「『初めて生甲斐ある平和幸福な将来を約束される』ようになつた」と書き、続けて「彼等が昔ながらの本質及び文化を保持することは弥々不可能になるわけだが」と嘆き、「動植物だと天然紀年保存法位で処理される問題だ」とまで書く。だから、「あらゆる方面から島民の本然と文化とに就いて深く研究する必要が一層切実になつたわけ」であって、こうした民間伝承などを記した書籍は重要であると推奨する。[10]

ここに現れるのは、島民の「平和幸福な将来」のために、「島民の本然と文化について深く研究する必要」があるとの認識であり、それが〈南洋〉での民俗研究の価値だとされたということである。従って、土方が現地調査で求められたのは、「島民固有の文化」を捉えることだと推測できる。

このように、〈南洋〉における〈幸福〉は、「島民固有の文化」を知り、近代的「医学」と近代的「教育」によって、その「原始的なる」生活を改善することだといえよう。そのなかで、中島が著した「幸福」「夫婦」「雞」には、共通キーワードとして〈病〉が描き込まれている。それらは、同時代的状況に対して、どのような意味を持ち得たのか。

2　「幸福」における〈病〉

まずは、「幸福」における〈病〉について見ていきたい。

「幸福」には三つの〈病〉が登場する。「文化の中心地コロール島」に「皮膚の白い人間共が伝へたといふ悪い病が侵入して来て」おり、その一つは、「男の病」もしくは「女の病」と言われる〈病〉、「もう一つの方は」「軽い咳が出顔色が蒼ざめ、身体が疲れ、痩せ衰へて何時の間にか死ぬ」〈病〉、そして「全然鼻のなくなった腐れ病」の三つである。最後のものは、「夫婦」にも描き込まれた〈病〉と同じだと推測できる。

〈南洋〉におけるこうした〈病〉については、矢内原忠雄『南洋群島の研究』[11]に「『男の病』或は『女の病』なる名称の下に当然一度は罹患すべき一種の淋病」、条約局法規課編『委任統治領南洋群島　後編』[12]に、〈南洋〉における「地方病」として、たとえば中島が実際に罹患した「デング熱」とともに、外来の〈病〉として、「結核」「性病」「癩」が挙げられ、それらは、「島民は衛生思想乏しし」かったために、蔓延したと述べられている。

「幸福」に描かれたのは、この三つの〈病〉だった。つまり、植民地統治下の〈南洋〉で流行し、当時問題視されていた〈病〉を、中島は敢えて描き出しているのだ。

〈病〉を〈治療〉すること、それが「島民の幸福」に繋がるとされた時代において、それらは近代医学で〈治療〉されるべき〈病〉であった。

では、「幸福」においてはどのような意味を持つのか。

「此の島から遥か南方に離れた文化の中心地コロール島」に「文化」とともに伝来した「悪い病」に、「男」は感染する。

そもそも、当時の〈南洋〉において、島民に「衛生思想」を学ばせることで「悪い病」を治療することが〈文明〉国として統治する日本の使命であった。だが、それは同時に、彼等の文化慣習を捨てさせることを意味した。しかし、「幸福」において「文化」のもたらした「悪い病」に罹った「男」の〈病〉からの回復方法は注目すべきである。「病が酷いよりも軽い方がいい」と考えた「下男」は、「神々に祈ることがあつた。病の苦しみか労働の苦しみか、どちらかを今少し減じ給へ」と祈願する。「神々」とは、「流行病は皆悪神の怒から生ずる」と信じられていた「力ある悪神・椰子蟹と蚯蚓」であり、その結果、「或晩この男は妙な夢を見」る。そして、その夢が、「長老」に「いやな空咳までするやうに」させる。

「男」が「悪い病」を治し、同時に「第一長老」と立場が逆転するきっかけとなったのが、「神々」への祈り、「悪神」への「祈願」だということに注意したい。本来ならば「衛生思想」を学ぶことで乗り越えるべき〈病〉である。しかし、ここでは、「男」が自ら文化や慣習を放棄することなく、むしろ、それらに依拠することで、〈病〉を治す様が見出せる。

さらに、この表現方法にも留意すべきことがある。

「下男」が「此の後の方の病気にかかつてゐたらしい」ことに気付いた「長老」は、「哀れな下男が哀れな病気になつたことを大変ふさはしいと考へた」とある。この描写は、「結核菌」が伝播蔓延したから「結核」患者になった、という近代的な認識とは異なったものであろう。

スーザン・ソンタグ[13]は、〈病気〉が「病原菌」という形で発見されたのは近代以降であり、それによって近代医学が発生し、それ以前は、「病気は超自然の罰」「当然の報い」だと認識されていたと指摘している。「幸福」における「哀れな下男が哀れな病気になつたことを大変ふさはしいと考へた」との記述から、「超自然の罰」や「当然の報い」と考えられていた「原始的な文化」における〈病〉が想定できる。また、「下男」の〈治療〉が「悪神」

への「祈願」であったことも、このことを補強できるだろう。

さらには、「幸福」において、「男の病」「女の病」「腐れ病」「疲れ病」と表現されていることも含めて考えるならば、「幸福」における〈病〉は、前近代的なものを示唆しているといえよう。

しかし、このように前近代的な〈病〉と〈治療〉を想起させながらも、「皮膚の白い人間共が伝へたといふ悪い病」とあるように、これらは、〈文明〉とされた側からもたらされたと描かれたことは重要である。たとえば、「男の病」「女の病」を「神々に祈る」ことで乗り越えた物語ならば、前近代的な〈病〉の〈治療〉を賞賛、もしくは、希求した作品と位置づけることが出来よう。しかしながら、ひとたび、これらが、「皮膚の白い人間共が伝へたといふ悪い病」と書かれることで、前近代的な〈病〉のあり方にも疑問符が挟まれるだろう。〈文明〉が入ってきた時点で、それ以前には戻れないからである。

作品の末尾を見たい。

× × × ×

右は、今は世に無きオルワンガル島の昔話である。オルワンガル島は、今から八十年ばかり前の或日、突然、住民諸共海底に陥没して了つた。爾来、この様な仕合せな夢を見る男はパラオ中にゐないといふことである。

「幸福」の舞台である「オルワンガル島」は「八十年ばかり前」に「陥没して了つた」。これは、土方久功が採集したパラオの伝説の一つ、「オルワンガルの沈没」に取材している。「オルワンガル島」は消滅しておらず、当然ながら「八十年ばかり前」の出来事でもない。このことを踏まえたならば、伝説が書き換えられたこと、そして、この「八十年ばかり前」に意味があると推測できる。

作品成立時の昭和十七年（一九四二年）から遡ると、「八十年ばかり前」は、一八六〇年といえば、興味深い当時の文章がある。中島も名前を変えて寄稿した、現地の雑誌「南洋群島」[14]第一巻第三号（昭和十年四月）に掲載された加藤末吉「パラオの昔語り」である。そこには、「英国商船レーテーライ号入港、同船にて齎らしたる伝染病菌に因り最初コロル島アルミズ村に不可思議なる病者発生し、吐瀉苦悶の上忽ち死亡、間もなく猛烈なる伝染力にパラオ全島に蔓延猖獗を極め、多数の死亡者を出しました[15]」との記載がある。ここで記された〈病〉が、具体的には何を指すかははっきりしない[16]。だが、この文章を中島が目にした可能性は高く、少なくとも、パラオに、外来の〈病〉が「文化」とともに伝染病が渡来したという歴史と呼応させたと考えられるだろう。つまり、ここでは、「オルワンガル島の沈没」という伝説を、「文化」と接触した〈南洋〉の歴史と接続していると考えられる。「幸福」テキスト内部には、「文化」と接触し「伝染病菌」が入ってきた歴史が描き込まれているのである。

「八十年ばかり前」に「文化」が到来したことによって、前近代的な〈病〉の〈治療〉のあり方は、「物語」内部で、すでに失われたと捉えられる。そのような前近代的な〈病〉のあり方は、「物語」の中でしか成立しえないことがここでは描き出されている。前近代的な〈病〉のあり方を肯定しつつも、現実には存在しえないといった限界性が見て取れる。

さらには、中島は、「オルワンガル島の昔話」という伝承を、改竄して「物語」化しているともいえよう。そもそも〈南洋〉の伝承に、別の「物語」を挿入するのは、非常に暴力的な行為だといえる。たとえば、「オルワンガル島の沈没」という〈南洋〉伝承は、中島によって〈幸福〉に関連する「物語」に書き換えられたことになる。「オルワンガル島の昔話」は、中島が現地で懇意にしていた民俗学者・土方久功に取材したものであり、「幸福」「夫婦」に続き配置された「雞」が、民俗学者（「オルワンガル島の沈没」伝承を記載した土方久功）を「私」に据えた作品だということの意味は問われるべきだろう。

3 「夫婦」における〈病〉

次に「夫婦」を見ていきたい。

「幸福」「夫婦」ともに、「ハンセン病」と思われる〈病〉が描き込まれている。この〈病〉は、当時の〈南洋〉をめぐる〈病〉のなかでも最も多く記述されている。その背景には、「ハンセン病」が「人口減少」に繋がっていると国際的に危惧された時代の影響があった。

〈南洋〉における「ハンセン病」については、「南洋群島に於ける癩療養状況」(『日本公衆保健協会雑誌』第十五巻第八号、昭和十四年八月)に詳しい。「南洋群島に於ける癩病は其の起源相当旧く既に独逸領時代サイパンヤルート島に癩療養所を設け」てはいたが、満足いく結果は収められなかったとし、その理由を「伝染を知らざるが故に何等嫌忌することなく癩患者と交際し患者も亦自ら恬然として恥ぢず勿論自ら進んで医療を乞ふが如き絶無の有様なり」とした。日本はこの〈病〉を治癒するために、「医院職員と共に警察官」まで協力して「患者の発見」をしたと記される。

当時の「ハンセン病」の治療方針は、完全なる隔離政策であった。そして、この〈病〉は「之れも結婚に依つて非常に病毒が伝播するもの」だとされ、「幸福の第一歩たらしめなくてはならぬ[17]」ため、結婚は避けるべきだとされていた。当時の国際的な要請に応じ、日本は〈南洋〉でも「癩病」を治癒することを目指していた。その治療方法とは、日本国内と同じような隔離政策であった。そして、国内と同じく、「結婚忌避」が進められていた。

しかしながら、「夫婦」における〈病〉は、次のように描かれる。「悪い病のために鼻が半分落ちかかつてゐたが、大変広い芋田を持つた・村で二番目の物持」である「男」は、エビルという〈南洋〉女性と「幸福な後半生を送つた」。当時の日本が〈文明〉国として隔離政策を推し進める中で、「鼻の半分落ちかかった」男が、エビルを妻とし、「幸福な後半生を送つた」と描き出されていることに注目したい。男がエビルを妻にしたのは、二回に亘り繰り返して書かれるように、「物持ち」だからである。

「伝染を知らざる故に何等嫌悪することなく癩患者と交際し」た「島民」を問題視していた当時の時勢からして、この場面の意味は重要だと思われる。ここでいう〈幸福〉が、〈南洋〉における〈幸福〉幻想、「教化」することが島民の〈幸福〉につながるといった思想を裏切っていることは明白だろう。

しかしながら、「夫婦」における〈幸福〉もまた、「語り伝えている」と終えるように、昔話化されていることも重要ではないか。〈幸福〉という「物語」が語り終えられたあと、〈文明〉化した「島民」が昔ながらの風俗を「活劇」のように見るといった場面が描かれていることにも留意すべきだろう。最後には次のような文章が配置される。

さて、今一つのヘルリス即ち恋喧嘩に至つては今尚到る所で盛んに行はれてゐる。人間の在る所恋あり、恋ある所嫉妬ありで、蓋し之は当然であらう。現に筆者も彼の地に滞在中したしく之を目撃したことがある。事の次第も其の烈しさも本文中に述べた通りで（私の見たのも矢張言ひがかりを付けて来た方が返り討ちに会つてワア〳〵手離しで泣きながら帰つて行つたが）昔と少しも変る所が無い。たゞ違ふのは、之を取巻いて囃し応援し批評する観衆の中に、ハモニカを持つた二人の現代風な青年の交つてゐたことである。二人とも、最近コロールの町に出て購めたに違ひない・揃ひの・真青な新しいワイシャツを着込み、縮れた髪に香油（ポマード）をべつとりと塗り付けて、足こそ跣足ながら、仲々ハイカラないでたちである。彼等は、活劇の伴奏のつもりなのであらうか、如何にも気取つたポーズで首を振り足踏をしながら、此の烈しい執拗な闘争の間ぢゅう、ずつと軽快なマーチを吹き続けてゐた。

「二人の現代風な青年」は「揃ひの・真青な新しいワイシャツを着込」んでおり、ここから「教化」によって一律化された価値観を読み取ることは容易い。新しく〈南洋〉に出現した彼らにとって「ヘリウス即ち恋喧嘩」は「活劇」でしかないのである。

ただし、〈南洋〉における、「教化」による〈幸福〉幻想は、「幸福」「夫婦」作品によって相対化されている点は指摘できよう。だが、ここで、なぜ、「幸福」「夫婦」が、現在の〈南洋〉から語り直されたのかという問題は見逃してはならない。

「幸福」及び「夫婦」は、「教化」による〈幸福〉幻想に抵抗するあり方を描きながら、しかし、最終的には、その〈幸福〉が最早存在しないと書かれるところにその特徴がある。「幸福」「夫婦」いずれも、描かれた〈幸福〉(=近代的な医学による〈治療〉ではない、前近代的な〈病〉のあり方)は、作品内の時点で既に消滅している。作品が想起させる前近代的な〈治療〉のあり方は、近代的な医学による〈治療〉ではない、と否定形でしか現れ得ないことも、前近代的な〈治療〉のあり方が存在しないことを示唆しているだろう。

「幸福」「夫婦」ともに、〈教化〉という〈幸福〉幻想に違和感を覚えさせるような操作を行いながら、〈幸福〉幻想に巻き込まれざるを得ない限界をも描き出している。

4 「雞」における〈病〉

さて、「雞」もまた、「幸福」「夫婦」と同じく〈病〉に関する描写がある。「雞」は、「私」と民俗収集を手伝った南洋島民マルクープ老人との交流を描いた作品である。

「私」が、暫く会っていなかったマルクープ老人と再会したとき、老人はひどい窶れようであったと書かれ、彼は「病気が悪いと答へ」る。

老人は半年程前から酷く弱つて来、咽喉が詰まるやうで呼吸が苦しいので、パラオ病院に通つてゐる。しかし、一向に治りさうもない。いつそパラオ病院をやめてレンゲさんの所へ行つたらどうだらうと思ふのだが、と老人は言つた。レンゲといふのは独逸人で長くオギワル村に住んでゐる宣教師だが、中々教養のある男で、それに相当医薬の道にも通じてゐたらしい。時々島民の病人を診ては薬を与へてゐる中に、其の評判がパラオ土民の間に高くなり、パラオ病院よりも長く治ると本気で信じてゐる島民も少くなかつた。マルクープ老人はパラオ病院に見切をつけて、此のレンゲ師の所へ診て貰ひに行きたいのである。「しかし」と爺さんは言ふ。「パラオ病院は役所の病院だから、勝手に其処をやめてレンゲさんの所へ行つたら、院長さんにも怒られるし、警務の人にも怒られる。（まさかそんな事はあるまいと私は笑つたが、爺さんは頑固にさう信じてゐた）それで先生は（と私のことを言つて）院長さんとコンパニイ（友達）だから、どうか院長さんの所へ行つて巧く話して、私がレンゲさんの所へ行くことを許して貰つて下さい」と。嗄れた声でそれを言ふ態度が如何にも哀願的で、又瀕死の老人といつた印象を与へたので、私も其の莫迦げた依頼を引受けない訳に行かなかつた。

「私」が「院長の所へ行つて話して見ると、あれはもう喉頭癌とか喉頭結核とかで（どちらだか今は忘れた）到底助かる見込は無いのだから、レンゲの所へ行くなり何なり、もう本人の好きなやうにさせたがよからうといふ」ことになる。そして、「三月ばかりも経つた頃」、自宅に「見たことのない土民青年」がマルクープ老人に依頼された感謝の印でもある鶏を持ってくる展開である。しかし、結局「欣んでオギワルのレンゲの所へ治療を受けに行ったが、病気は少しもよくならず、到頭その村の親戚の家で死んだといふことであつた。」との結末が告げられる。「喉頭癌」「喉頭結核」と名付けられる〈病〉が「雞」には描き込まれている。前節まで見てきたことと重ね合わせるならばそれは「幸福」「夫婦」に出てきた〈病〉とは異なった、近代的な〈病〉と言い換えることもできる。〈病名〉を与えられ、〈治療〉されるべき「島民」である、マルクープ老人は、しかし、レンゲさんの所に行くことを求めている点が重要である。「パラオ病院」（【図1】）は、「大正十一年四月、南洋庁設置とともに南洋庁医院官制（同年勅令第一一一号）を発布し、医院をサイパン、ヤップ、パラオ、アンガウル、トラック、ポナペ及びヤルートの七箇所に設け、医長、医官、薬剤官、薬剤員、産婆、看護婦等を配置して、広く診療に当らせるとともに地方病の調査研究を行なわせた。[18]」とあり、大正十一年に建設された、南洋庁管轄の医療機関である

【図1】パラオ病院『日本の南洋群島』（昭和10年12月25日、南洋協会南洋群島支部）

ここでは、「パラオ病院は役所の病院だから、勝手に其処をやめてレンゲさんの所へ行ったら、院長さんにも怒られるし、警務の人にも怒られる」との文章から、〈南洋〉での近代的医療による〈治療〉の強制力が見て取れる。

また、レンゲという「独逸人で長くオギワル村に住んでゐる宣教師」は、「相当医薬の道にも通じてゐた」ため、「時々島民の病人を診ては薬を与へてゐる中に、其の評判がパラオ土民の間に高くなり、パラオ病院よりも良く治ると本気で信じている島民も少なくなかつた」人物として描かれている。マルクープ老人は、「パラオ病院」という近代医学に抵抗したと読み取れ

る。「雞」には〈幸福〉そのものは明記されないが、マルクープ老人が死後、三度も鶏を「私」に送るように依頼していたことから考えると、彼の〈幸福〉は、レンゲさんの元で〈病〉を治そうとしたことだと推測出来よう。また、ここでは「到底助かる見込は無い」とされる老人の〈病〉を通して、近代医学の限界が示されている。さらに、対立項が、「幸福」「夫婦」で見たような前近代的〈治療〉でないことにも注目したい。

さて、このマルクープ老人の〈病〉に対する言動は、「雞」のある文章と繋がっていく。「雞」には、「神様事件」が描き込まれる。

当時パラオ地方に「神様事件」といはれるものが起つてゐた。パラオ在来の俗信と基督教とを混ぜ合せた一種の新宗教結社が島民の間に出来上り、それが治安に害ありと見做されて、「神様狩」の名の下に、其の首脳部に対する手入が行はれてゐた。この結社は北はカヤンガル島から南はペリリュウ島に至る迄相当根強く喰込んでゐたが、当局は島民間の勢力争ひや個人的反感などを巧みに利用して、着々と摘発検挙をすすめて行つた。警務課にゐる一人の知人から偶〻私は妙な話を耳にした。かのマルクープ爺さんが神様狩の殊勲者だといふのである。よく聞いて見ると検挙は大部分島民の密告を利用するのだが、マルクープは其の最も常習的な密告者で、彼の密告によつて多くの大ものが捕へられ、老人自身も亦既に相当多額の賞金を貰つてゐる筈だといふ。尤も、時には私怨から其の信者でない者迄告発して来ることも確かにあるらしいが、と其の知人は笑ひながら語つた。新宗派の正邪は知らず、とにかく密告といふ行為は私にとつて甚だ不愉快に感じられた。

「パラオ在来の俗信と基督教とを混ぜ合せた一種の新宗教結社が島民の間に出来上り、それが治安に害ありと見做されて、「神様狩」の名の下に、其の首脳部に対する手入が行はれてゐた」。そこで、「私は妙な話を耳に」する。

それは「かのマルクープ爺さんが神様狩の殊勲者だといふ」ものであり、「私」は「密告といふ行為」を「甚だ不愉快に感じ」、マルクープ老人を糾弾し、結果的にこの件が元となり、彼との関係を断絶させる。

ここで注目すべきは、マルクープ老人が「神様狩の殊勲者」だという「妙な話」である。「私」は、マルクープ老人の実際を知らず、一人の知人からの「妙な話」を信じていることが強調される。「老人自身も亦既に相当多額の賞金を貰つてゐる筈だといふ」と「笑ひながら語」る知人の言葉だけが「私」の信じる根拠なのである。

もう一点、考えるべきは、なぜマルクープ老人が「神様狩の殊勲者」だという噂が流されたのか、ということである。まずは「神様狩」とはなにか、考えてみたい。冨山一郎は、次のように指摘する。

パラオ諸島にはモデクゲイ（Modekngei）と呼ばれた宗教運動があった。この運動は反日を掲げて幾度となく検挙され、一九三八年末には二六名が一斉検挙された。このとき南洋庁は、「南洋庁有史以来の大事件」と報告している。モデクゲイは、南洋庁の報告においては「邪教」として扱われ、また人類学者の杉浦健一においては、「島民固有」の宗教が外来宗教の影響の中で変化し、さらにそれが政治的に利用されたことにより成立したとされている。つまりこの宗教運動は、本来の「島民」の土着文化からは逸脱したものとして理解されていたのである。

『思想月報』（六二号、一九三九年）によればこの宗教運動には、次のような主張が存在した。「外文明人の医療に頼らぬこと」「我々原始人は裸体で遊んで暮らすように天の神様の恩恵を受けている。何を苦しんで労働したり洋服着たりして苦痛な不自由な生活をしなくてはならぬのか」「会社や役所は我々原始人の為に何の役に立つのか」。すなわち、反日を掲げるこの宗教運動は、日本の医療を拒否し、さらには、日本のために働くことを拒否しようとしていたのである。[19]

「神様事件」とは「モデクゲイ」と呼ばれた宗教運動を検挙する事案を指す。「モデクゲイ」は、「「島民固有」の宗教が外来宗教の影響の中で変化」したもので、その主張は「反日を掲げ」「日本の医療を拒否し」「外文明人の医療に頼らぬこと」だという。つまり、「本来の「島民」の土着文化からは逸脱したもの」とあるように、「モデクゲイ」という宗教運動は、「土着文化」そのものではなく、「外来宗教」との関係のなかで変化を見せた「島民」の宗教、そして、「外文明人の医療に頼らぬこと」の二点が主たる特徴だといえよう。

これらの特徴は、マルクープ老人が信じたレンゲさんの存在と重なることは明確であろう。「島民」文化と「白人」文化が混淆したところ、また「日本の医療を拒否」したところにその共通点がある。

先程触れたが、「雞」における「神様事件」は、「私」がマルクープ老人のことを「甚だ不愉快」に感じ、彼との関係を断絶するきっかけとなる事件である。マルクープ老人の〈病〉に対する考え方と「神様事件」における「新宗教」の主張が軌を一にしたとき、マルクープ老人は「新宗教」に所属する人物と判断できよう。従って、「神様狩の殊勲者」ではないとの解釈が立ち上がってくる。そうだとすれば、ここで描き出されたのは、「私」の誤認そのものではないか。マルクープ老人は「神様狩の殊勲者」ではない可能性が高いにも関わらず、一人の知人からの「妙な話」を信じた「私」に「不愉快」に思われ、一方的に関係を切られるのである。結局、「私」は、マルクープ老人の真の姿を自分の目ではっきり見ることが出来ない。だからこそ、「雞」において「私」は、「南海の人間はまだまだ私などにはどれほどもわかっていない」と作品を終えるように、「わからない」「不可解」と言葉を繰り返すしかないのである。

そもそも、マルクープ老人が「神様狩の殊勲者」だと「島民たち」に考えられたのは、彼が〈文明人〉である「私」と積極的に関わっていたからだろう。マルクープ老人が「島民たち」から排除されたのは、〈南洋〉における「私」の存在が異質だからと考えられる。「神様事件」の場面では、「私」が、自分自身の存在すら認識出来ていない様が暴かれている。「島民」に溶け込んでいると考える「私」自体すら相対化される。

そこで、「私」の行動に目を転じるならば、「私」は、マルクープ老人の「比較的故実にも通じ手先も器用である」ことを知り、彼を、「民間俗信の神像や神祠などの模型を蒐集」するために利用していた。「私」が、マルクープ老人を理解しえないのは、「私」が「模型は絶対に正確でなければならぬ」と考えており、彼の造る「模型」に、「余計な近代的装飾が勝手に加へられてゐ」たからである。「実際には存在しないマルクープ爺さんの勝手な創作」を「蒐集」させられたことに原因があると読み取れる。

しかしながら、「模型」に「余計な近代的装飾」が加えられるのも、そもそも「模型を蒐集」する時点で、想定されるべき事態である。しかも、マルクープ老人だけではなく、〈南洋〉島民は、その時点で既に「白人文化」と接触しているのであり、「模型は絶対に正確でなければならぬ」こと自体がありえないことは明白であろう。「私」が「マルクープ爺さんの勝手な創作」だと判断したことが既に「私」の誤認だと読むことが出来る。マルクープ老人を通した「模型」作りからは、本来の「正確」な「模型」を求めることの不可能性が浮かび上がってくる。

第一節で、南洋庁から民俗学者である土方久功が求められたものが、島民の「平和幸福な将来」のために、「島民固有の文化」を捉えることだと指摘した。このような、「島民」を観察し、「島民の本然と文化」を構成し、そのうえで「教化」すべきだとの認識は、「雞」において「南海の人間」は「不可解」だと示されることで、その限界が呈示される。

中島が《南島譚》における批評の射程を、「島民」の「教化」が「島民」の〈幸福〉だという幻想、そして、さらには、「島民固有文化」を把握すること自体にまで広げていることがわかる。

《南島譚》は、「幸福」「夫婦」「雞」の三篇から成っている。共通するのは〈病〉である。この三篇を通して、

「島民」への「教化」という〈幸福〉観に疑問を表し、〈南洋〉島民の「不衛生」な「生活慣習」を見直し、〈文明〉として〈治療〉するといった考えが幻想に過ぎないことが示される。しかし、一方で、前近代的な〈病〉と〈治療〉のあり方は、「物語」内部にしか成立し得ないところにもその特徴がある。「菌」が発見された時点で、発見されなかった昔には戻れないように、前近代的な〈病〉と〈治療〉は、近代医学という認識が入ってきたと同時に失われてしまう。しかし、一方で、近代的な〈病〉と〈治療〉もまた、「島民」を「不可解」な存在にさせるだけに終わる。さらに、「雞」では、現代の〈南洋〉を舞台にし、民俗学者の「私」を視点に据えることで「島民固有文化」を把握しようとする行為すら、「物語」化を免れない行為であることも示される。

《南島譚》が持つ批評性とは、当時の〈南洋〉統治のあり方そのものに向けられていたのではないだろうか。

注

(1) 『中島敦全集』第一巻（平成十三年十月一日、筑摩書房）所収、川村湊「解題」より引用する。

この三篇の作品は「南島譚」と総題して、同名の単行本『南島譚』の冒頭にこの順序で、初めて発表された。この三篇には、いずれも浄書原稿（所謂「別稿」。これについては後述）が残されているが、これらは後記のような事情で『南島譚』収録本文の原稿ではないと判断される。（略）浄書原稿（別稿）についてであるが、「MARUZEN V」20字×20行の原稿用紙で全五十九枚・内訳は「幸福」十五枚、「夫婦」二十枚、「雞」二十四枚。この三篇の原稿には「遠い島の話／中島敦」と総題が付されていて、本来作者の考えでは「山月記」や「文字禍」に「古譚」と総題を付したように、これら三篇も「遠い島の話」としてくくろうとする意図があったと思われるが、結果としてそれは実現されず、放棄されたようである。（略）現在残されている浄書原稿五篇は（略）非常にきれいに清書された原稿であり、また印刷に際しての割付などの指示が一切記されていないところから考えて「文学界」用に送付されたが、上記の事情で不掲載のやむなきに至って返却されたものと判断するのが妥当であろうと考えられる。もう一つそのことを裏付ける例証をあげれば、五篇の浄書原稿を底本と校合してみると異同が多すぎることである。このことは恐らくこの浄書原稿が底本の原稿ではなく（それがこの原稿を別稿と呼ぶ理由である）、底本の原稿は別に作られたと考えるのが穏当であろうと思う。

(2) 矢内原忠雄『南洋群島の研究』（昭和十年十月三日、岩波書店）
(3) 条約局法規課編『委任統治領南洋群島　後編』（昭和三十八年十月、条約局法規課）
(4) 藤野豊「解題」（『近現代日本ハンセン病問題資料集成〈補巻〉第5回配本［補巻13・別冊1］』、平成十九年五月二十五日、不二出版）
(5) 木村博「南洋マーシヤル諸島ヤルート支庁管下癩病患者隔離療養所の現状」（「体性」第二十五巻第四号、昭和十三年四月）
(6) 注（5）に同じ。
(7) 吉田昇平「ヤツプ島カナカ族の血族結婚と人口減少問題［上］」（「南洋群島」第二巻第七号、昭和十一年七月）
(8) 冨山一郎「熱帯科学と植民地主義――「島民」をめぐる差異の分析学――」（酒井直樹編『ナショナリティの脱構築』所収、平成八年二月二十五日、柏書房株式会社）
(9) 注（8）に同じ。
(10) 長谷部言人「序」（土方久功『パラオの神話伝説』昭和十七年十一月五日、大和書店）
(11) 注（2）に同じ。
(12) 注（3）に同じ。
(13) スーザン・ソンタグ、富山太佳夫訳『隠喩としての病　エイズとその隠喩』（平成二十四年九月十日、みすず書房）

(14)「南洋群島」は、現地〈南洋〉で唯一発行された文化誌。南洋群島文化協会機関誌（昭和十年二月～昭和十八年十二月）。中島敦は南洋庁に勤務していることを考慮に入れてか、自身の名ではなく、一高時代の後輩・三好四郎の名で、「旅の手帖から」を「南洋群島」第八巻第二号（昭和十七年二月）に掲載している。
(15) 加藤末吉「パラオの昔語り」（「南洋群島」第一巻第三号、昭和十年四月）
(16) おそらく「結核」か。
(17) 藤野豊『「いのち」の近代史 「民族浄化」の名のもとに迫害されたハンセン病患者』（平成十三年五月一日、かもがわ出版）
(18) 南洋協会南洋群島支部編『日本の南洋群島』（昭和十年十二月二十五日、南洋協会南洋群島支部）
(19) 注（8）に同じ。

終章

1　ポール・ジャクレーと〈南洋〉

ポール・ジャクレーというフランス人浮世絵師がいる（【図1】）。ジャクレーは、一八九六年パリ生まれ。一八九七年、父親が旧東京外国語大学のフランス語講師として来日し、二年後に母と共に来日。一九〇七年、日本画を池田輝方・蕉園に学ぶ。一九三〇年、南洋諸島へ旅行、マリアナ、カロリン、セレベス、フィジー諸島の現地人をスケッチする。一九三六年、『世界風俗版画集』発行。一九六〇年に死去している。

【図1】横浜美術館編『Paul Jacoulet』（平成15年5月14日、淡交社）

ざっと年譜を挙げるだけでも、彼がかなり特異な画家であったとわかるだろう。

南洋群島に実際に滞在したジャクレーは、後にそのときのことを述懐している[1]。

『天国に一番近い島……タヒチ』を読んでいくうちに、いつしか私はタヒチにいた。その風景と原住民の自然なままの姿が目前にあった。ゴーギャンの見ている所に私の目があった。まだ実際に見たこともない南の島をゴーギャンの目を通し、空想の世界に酔いしびれていた。私は太平洋の地図を広げ、洋上に浮かぶフランスの植民地の島々を赤鉛筆で囲んでいった。

以前、私は生涯でカルチャーショックを受けたことが二度あったと書いた。一つは歌麿との出会いであった。今ここにもう一つ、ゴーギャンのタヒチである。「タヒチ・ショック」である。以前患った肺炎も望月のおかげで、すっかりもと通りの体調に戻り、外出も自由になる程、回復していた。私は待ちかねたように大使館に植民地の島々への渡航を申請した。

昭和四、五年、私は、南の島々を転々と渡り、スケッチと蝶の採集に夢中になっていた。浦島太郎のように時がたつのも忘れていることができた。（略）

私は、ゴーギャンがタヒチの原住民を描いたように、マーシャル諸島、東西カロリン諸島、マリアナ諸島をまわり、多種の原住民を写実的に描いてきた。その一枚一枚を眺めていると、人類の原点に接してきたように思う。人間の自然美である。

「ゴーギャンの見ている所に私の目があった」「ゴーギャンがタヒチの原住民を描いたように」という文から、ジャクレーの〈南洋行〉もまた、「ゴーギャン」による「蒼ざめた殻」を被った様が読み取れるだろう。ゴーギャンの〈南洋〉に刺戟された画家や作家たちの〈南洋行〉は、〈西洋〉〈日本〉問わず、当時多く見られる現象であった。それほど、〈南洋〉が持つ、〈文明〉と対置した〈原始〉の姿が、新しく見えたのであろう。

ジャクレーに関しては、興味深い指摘がなされている。

猿渡紀代子が「ジャクレーが日本、朝鮮・中国、ミクロネシア各地の人々を見る眼差しには、親密で温かいものがある一方で、水彩画や素描に書き添えられた覚え書きには、いわば標本にデータを付けるときのような学術的な視線が透かし見える。ミクロネシアについて言えば、モデルの個人名に続けて、出身地の島の名前や社会的な地位、あるいは歴史的に混血を繰り返してきた地域ゆえの出自（血統）に関する記載などが、細々と記されている。[2]」と指摘するように、ジャクレーの絵には、「標本にデータを付けるときのような学術的な視線」が存在する。

たとえば、ジャクレーは「カナカ」と「チャモロ」を歴然と区別して描き出す（【図2】【図3】）。

留意すべきなのは、ジャクレーにとって「歌麿との出会い」と「ゴーギャンのタヒチ」が同列に配置されている点である。第四章「中島敦「真昼」論Ⅰ——〈南洋〉表象と作家イメージ——」や第六章「中島敦「夾竹桃の家の女」考——ピエル・ロティとの交錯——」で詳しく触れたが、「南洋ロマンス」というべき、ピエル・ロティやゴーギャンなどが生み出した強固な〈まなざし〉が戦時下の〈南洋〉には向けられていた。そうした「南洋ロマンス」は、たとえば、ロティが、〈南洋〉と〈日本〉に赴き、『ロティの結婚』『お菊さん』とそれぞれ現地の女性とのロマンスを描き出している事実を踏まえると、〈西洋〉にとってみると〈日本〉もまたオリエンタリズム的〈まなざし〉を向けられるべき対象であったことがわかる。

国内では、海外で流通した『お菊さん』ではなく、『ロティの結婚』『アジヤデ』などの〈南洋〉をターゲットにした「南洋ロマンス」が主に紹介されていったのも、〈西洋〉からは、〈日本〉も〈南洋〉と同じような〈まなざし〉を向けられる対象であることと、〈西洋〉と〈日本〉は同列ではない事実を『お菊さん』が暴くからだろう。『お菊さん』からは、〈西洋〉と同じ立場で〈南洋〉をまなざそうとした〈日本〉の滑稽さが浮かび上がるのだ。

ジャクレーの絵からも、〈日本〉と〈南洋〉を一体化して〈まなざし〉ていた様が窺える（【図4】【図5】）。

同年に書かれたこの二枚の絵の構図が近しいことは一見してわかる。いくら日本に暮らしたジャクレーといえども、〈西洋〉側に立って書いたことは明確である。彼の目から見た〈日本〉は、〈南洋〉と同じく「学術的な視線」

【図4】「島と少年、トラック島トロアス」昭和5年

【図2】「チャモロの女（黄）」昭和9年

【図5】「椰子の木と日本の若者、サイパン島」昭和5年

【図3】「蘭を持つヤップの美人、西カロリン諸島」昭和9年

横浜美術館監修『ポール・ジャクレー』（平成15年5月14日、淡交社）

を注ぐべき対象であった。

中島が〈南洋もの〉において、「ゴーギャン」よりも、「ロティ」を強く意識させるような作品作りを行ったのは、「ロティ」が〈南洋〉と〈日本〉にともに同じ強度の〈まなざし〉を向けていたからだろう。それは、「向けられた側」には牢固たる〈まなざし〉の強さとなる。押し付けられた側のみが、そうした〈まなざし〉に違和を覚えるのである。

中島のテクスト（「夾竹桃の家の女」「マリヤン」）には、その〈まなざし〉への違和が描き込まれている。テクストはまた、『ロティの結婚』を想起させることで、〈日本〉の読者にも問いかけているのではないだろうか。「見る／見られる」と〈日本〉と〈南洋〉の関係を一方的に認識しようとするあり方は、正しいのだろうかと。

一旦、「見られる」側に置かれたとき、人々は、ようやく、「南洋ロマンス」の強度に気付かされるだろう。しかしながら、「南洋ロマンス」から逃れることは容易ではない。〈西洋〉からの「青ざめた殻」を脱ぎ捨て、〈南洋〉を捉えることは不可能なのである。そもそも、〈西洋〉〈日本〉〈南洋〉、それぞれの概念は、それぞれとの関係性のなかで絶えず生成されていくからである。

2　中島敦と〈南洋〉

本書は、中島敦という一人の作家と、彼が経験した〈南洋行〉体験を中心に読み解いていった。

第一部「〈南洋行〉と作家たち」では、中島敦、土方久功、久保喬、大久保康雄など〈南洋行〉作家を論じた。

第一章「〈南洋行〉と中島敦」では、中島にとっての〈南洋行〉の意味を探っていった。〈南洋行〉は中島に〈文明人〉としての自己を再び認識させることとなる。しかし、中島の「島民」を「島民」として見る視線、つまり

「不可解」なものとして他者を認める視線が、〈南洋行〉以降の中島文学に備わったと指摘した。

第二章「中島敦〈南洋行〉と大久保康雄「妙齢」」では、中島が〈南洋行〉中に手にした大久保康雄の「「妙齢」つていふ」作品が何かを明らかにした。その上で、中島敦が実際に読んだ、大久保康雄の「妙齢」を、「島妻」と「流木」が掲載された『小説集　年輪Ⅰ』『小説九人集』（いずれも、大久保が所属していた同人組織「妙齢会」発行）だと呈示した。

第三章「大久保康雄〈南洋行〉――中島敦との接点を中心に――」では、第二章で明らかにした大久保康雄の短編小説および、〈南洋もの〉作品群を研究した。『風と共に去りぬ』の翻訳で一躍有名になった大久保康雄は、「作品ヂヤーナル」に「ノードホフ&ホール以上の南海もの」を書く約束で〈南洋〉に赴いている。「ノードホフ&ホール」とはアメリカで活躍した作家であり、大久保自身が翻訳している。彼らの作品から大久保が影響を受けたことを、作品分析及び言説から読み取った。

第二部「中島敦の〈南洋もの〉」では、具体的に中島敦の〈南洋もの〉の作品分析を行った。

第四章「中島敦「真昼」論Ⅰ――〈南洋〉表象と作家イメージ――」では、《環礁》作品群がなぜ「私」の見た〈南洋〉という構図を取るのか、同時代的な中島敦像を捉え、さらには〈南洋〉表象を把握した上で検討を加えていった。中島が〈南洋行〉後に著した作品「真昼」は、〈西洋〉対〈南洋〉、〈日本〉対〈南洋〉との構図から、〈南洋〉に対立する存在として〈西洋〉と〈日本〉は同じ立場だとの認識がいとも簡単に創り出された状況を批評の射程に入れ、反〈西洋〉として立ち現れる〈南洋〉、そして反〈南洋〉から照射される〈日本〉を無効化することで、置かれたすべての枠組みを解体し、その序列化のなかに留まることを拒否している作品だと読み取った。

第五章「中島敦「真昼」論Ⅱ――視座としての「真昼」――」では、「真昼」が、『南島譚』刊行の際に新しく収録されたことが非常に重要になってくると考え、「真昼」の構造を分析し、「真昼」が収録されることで起こる変化を問うた。「真昼」は、目に見える形で「ゴーガン」「ロティ」「メルヴィル」の語句を呈示することで、〈西洋〉からの「蒼ざめた殻」を被ったままの「私」の〈まなざし〉を前景化させ、同時にテクスト自体に『ツァラトゥストラ』を敷くことで、〈西洋〉の〈まなざし〉からの脱却の不可能性をも示していると考えた。また、《環礁》作品は、「真昼」における「私」の〈まなざし〉を視座とした上で読み直されてよいと指摘した。これはおそらく他の《環礁》作品にも同様にいえるだろう。中島の《環礁》は、「私」の〈まなざし〉によって〈南洋〉がどのように変質するのかを描く意図があった。

　第六章「中島敦「夾竹桃の家の女」論――ピエル・ロティとの交錯――」では、「夾竹桃の家の女」が、ピエル・ロティの『ロティの結婚』と近しい構図を持つことを指摘した。「夾竹桃の家の女」は、『ロティの結婚』を下敷きにし、『ロティの結婚』を意識させるような装置を作りながら、最後に「昔の支那人の使つた銀竹といふ言葉」を配置させることで、今まで描かれたロティに結びつけられた世界を転覆させたと指摘した。そのうえで「私」の〈まなざし〉の動態そのものを描いたテクストだと捉えた。

　第七章「中島敦《南島譚》論――〈病〉と〈南洋〉――」では、《南島譚》三篇（「幸福」「夫婦」「雞」）を扱った。この三篇に共通するのは〈病〉である。三篇を通して、「島民」への「教化」という〈幸福〉観や、〈南洋〉島民の「不衛生」な「生活慣習」を見直し〈文明〉として〈治療〉するといった考えが幻想に過ぎないと示された。しかし、前近代的な〈病〉と〈治療〉のあり方は、「物語」内部にしか成立し得ないといった特徴も同時に見られた。そして、「雞」では、現代の〈南洋〉を舞台にし、民俗学者の「私」を視点に据えることで、「島民固有文化」を把握しようとする行為すら、「物語」化を免れない行為だと描き出されていると指摘した。

　本書の試みは、資料や草稿、テクスト自体の細部に拘ることで、その生成過程から抽出できる概念を明らかにしていくことだと序章で述べた。〈南洋もの〉を生成する過程で、「南洋ロマンス」といった概念を如何に中島がテクストに組み込んでいったのかを読み解いた。「南洋ロマンス」の導入によって現れる〈読み〉は、「南洋ロマンス」の肯定／否定といった二項対立すら無効化させていく。

戦時下に〈南洋もの〉が多く生産された事実からは、当時の〈日本〉の、〈西洋〉と同一化を目指した帝国主義的欲望が見出される。また、〈日本〉が〈南洋〉をどのように利用しようとしたかが見て取れるだろう。戦時下に於ける〈日本〉と〈南洋〉との関係を問うことは、〈日本〉のあり方そのものを問うことにも繋がるのである。

本書は、中島敦の〈南洋もの〉、しかも、その一部の分析を行ったに過ぎない。今後、より広範囲のテクスト分析を行うことで、〈南洋〉表象の動態を捉えていきたい。

注

（1）沼津市歴史民俗資料館編『内浦のフランス人浮世絵師ポール・ジャクレー』（平成九年九月、沼津市歴史民俗資料館）にジャクレー自身の回想が収められている。

（2）猿渡紀代子「虹色の夢をつむいだフランス人浮世絵師　ポール・ジャクレー」（『ポール・ジャクレー』所収、平成十五年五月十四日、淡交社）

参考文献目録

【凡例】

一、本目録は本書刊行にあたって参照した資料の一覧である。項目ごとに分けて記した。「一、中島敦全般（単行本）」「二、中島敦全般（単行本所収論文）」「三、中島敦全般（雑誌／新聞）」「四、中島敦「光と風と夢」関連」「五、中島敦〈南洋もの〉関連」「六、中島敦文献目録」「七、中島敦が影響を受けた海外文学関連」「八、〈南洋〉関連」に分類した。最後に本文に用いた「九、中島敦全集及び単行本」を掲載している。

一、単行本の表記は、執筆者名（または編者名）『書名』（発行年月日、発行所）の順に記載した。翻訳の場合、訳者名は執筆者のあとに記した。

一、雑誌記事、新聞記事は、執筆者名「題名（特集記事名）」（「雑誌名」巻号数、発行年月）のように記載した。なお、巻号は雑誌掲載の通りに記した。すべて漢数字に直した。

一、雑誌に組まれた特集は、編者名「特集名」（「雑誌名」巻号数、発行年月）のように記載した。

一、全ての項目の発行年の記載は、本書の表記に合わせて、奥付に関係なく、明治・大正・昭和というように元号で記した。

一、全ての項目において、発行年月日順に配列した。

一、書名・論文名・個人名などは原則として原文を尊重した。

一、敬称は省略した。

〈一〉中島敦全般（単行本）

福永武彦『近代文学鑑賞講座第十八巻　中島敦　梶井基次郎』（昭和三十四年十二月五日、角川書店）
佐々木充『中島敦』（昭和四十三年三月五日、桜楓社）
中村光夫『日本の現代小説　3』（昭和四十三年四月二十七日、岩波書店）
佐々木充『近代の文学　10巻　中島敦の文学』（昭和四十八年六月十五日、桜楓社）
濱川勝彦『中島敦の作品研究』（昭和五十一年九月十日、明治書院）
粟津則雄『文体の発見』（昭和五十三年二月五日、青土社）
長谷川勉『ファウストの比較文学的研究序説』（昭和五十四年、月日不記載、東洋出版）
野口武彦『作家の方法』（昭和五十六年四月十七日、筑摩書房）
田鍋幸信編『写真資料　中島敦』（昭和五十六年十二月四日、創林社）
濱川勝彦『鑑賞日本現代文学第十七巻　梶井基次郎　中島敦』（昭和五十七年一月三十日、角川書店）
奥野政元『中島敦論考』（昭和六十年四月二十五日、桜楓社）
倉澤昭壽『作家と文体』（昭和六十年六月十五日、麦秋社）
木村一信『中島敦論』（昭和六十一年二月二十二日、双文社出版）
鷺只雄『中島敦論「狼疾」の方法』（平成二年五月二十五日、有精堂出版）
新保祐司『文芸評論』（平成三年三月五日、構想社）
進藤純孝『山月記の叫び』（平成四年一月二十五日、六興出版）
山口比男『汐汲坂――中島敦との六年――』（平成五年五月十日、えつ出版）
福永武彦『鷗外・漱石・龍之介　意中の文士たち㊤』（平成六年七月十日、講談社）
神奈川文学振興会編『収蔵コレクション展』（平成六年十月一日、神奈川近代文学館）
川村湊『南洋・樺太の日本文学』（平成六年十二月十五日、筑摩書房）

川村湊『海を渡った日本語　植民地の「国語」の時間』（平成六年十二月三十日、青土社）
小沢秋広『中島敦と問い』（平成七年六月五日、河出書房新社）
藤村猛『中島敦研究』（平成十年十二月二十日、溪水社）
村田秀明『中島敦『李陵』の創造――創作関係資料の研究――』（平成十一年五月五日、明治書院）
勝又浩・山内洋編『中島敦『山月記』作品論集』（平成十三年十月二十五日、株式会社クレス出版）
清水雅洋『求道者の文学　中島敦論』（平成十四年一月十五日、文芸社）
村山吉廣『評伝・中島敦　家学からの視点』（平成十四年九月二十五日、中央公論新社）
村田秀明『中島敦『弟子』の創造』（平成十四年十月十二日、明治書院）
川村湊編『中島敦から子への南洋だより』（平成十四年十一月十日、集英社）
木村瑞夫『論攷　中島敦』（平成十五年九月二十四日、和泉書院）
木村一信『昭和作家の〈南洋行〉』（平成十六年四月十日、世界思想社）
勝又浩『中島敦の遍歴』（平成十六年十月二十日、筑摩書房）
諸坂成利『虎の書跡』（平成十六年十一月十日、水声社）
渡邊一民『中島敦論』（平成十七年三月二十三日、みすず書房）
浦田義和『占領と文学』（平成十九年二月二十日、法政大学出版局）
川村湊他編『道の手帖　中島敦』（平成二十一年一月三十日、河出書房新社）
村田秀明編『生誕１００年記念　図説　中島敦の軌跡』（平成二十一年五月五日、中島敦の会）
増子和男・林和利・勝又浩『大人読み『山月記』』（平成二十一年六月二十五日、明治書院）
川村湊『狼疾正伝　中島敦の文学と生涯』（平成二十一年六月三十日、河出書房新社）
山下真史『中島敦とその時代』（平成二十一年十二月四日、双文社出版）
梅本宣之『文学・一九三〇年前後――〈私〉の行方――』（平成二十二年十二月二十五日、和泉書院）

閻瑜『新しい中島敦像』（平成二十三年三月二十五日、桜美林大学北東アジア総合研究所）
河路由佳『中島敦「マリヤン」とモデルのマリア・ギボン』（平成二十六年九月三日、港の人）
橋本正志『中島敦の〈南洋行〉に関する研究』（平成二十八年九月二十二日、おうふう）

〈二〉中島敦全般（単行本所収論文）

布野栄一「中島敦の世界」（実方清編『日本現代小説の世界』所収、昭和四十四年十月三十日、清水弘文堂書房）
和田芳恵「自伝抄――七十にして、新人」（和田芳恵『和田芳恵全集　第五巻　随筆』所収、昭和五十四年五月二十二日、河出書房新社）
小林はまを他編「中島敦　横浜高女時代」（山住正己他編『回想・教壇上の文学者』所収、昭和五十五年四月十三日、蒼丘書林）
西谷博之「中島敦〈物語の誕生〉――「わが西遊記」から「狐憑」へ――」（笹淵友一編『物語と小説――平安朝から近代まで――』所収、昭和五十九年四月二十日、明治書院）
西谷博之「中島敦に於ける〈夢〉と〈幻想〉」（村松定孝編『幻想文学　伝統と近代』所収、平成元年五月一日、双文社出版）
祖師谷仁「福音館の『西遊記』に目が眩んで」（弓立社編集部編『ブックレビュー02』所収、平成元年十二月二十五日、弓立社）
奥野政元「中島敦とその時代」（福岡ユネスコ協会編『世界が読む　日本の近代文学』所収、平成八年八月三十日、丸善）
島本達夫「中島敦「山月記」とその時代」（『だれも読まない　大正・昭和文学瞥見』所収、平成二十三年七月、アーツ・アンド・クラフツ）
大庭登「かめれおん的擬態が隠した文才　中島敦」（『昭和の作家たち　誰も書かなかった37人の素顔』所収、平成二十七年五月三十日、第三文明社）

〈三〉中島敦全般（雑誌／新聞）

中村光夫「青春と教養――中島敦について――」（「群像」第六巻第三号、昭和十九年五月）
成田孝昭「中島敦論（上）――能動的ニヒリズムへの途――」（「解釈」第五巻第八号、昭和三十四年七月）
成田孝昭「中島敦論（下）――能動的ニヒリズムへの途――」（「解釈」第五巻第九号、昭和三十四年八月）
開高健「ケチくさくない作品」（「新潮」第五十九巻第八号、昭和三十七年八月）
山本健吉「伝奇と歴史小説――小説の再発見（七）」（「文学界」第十六巻第八号、昭和三十七年八月）
勝又浩「戯れ歌の心――中島敦の狼疾――」（「日本文学」第十八巻第三号、昭和四十四年五月）
鷺只雄「中島敦と短歌――享楽主義の終焉」（「都留文科大学研究紀要」第八集、昭和四十七年八月）
饗庭孝男「空想と言葉との織物――中島敦論――」（「三田文学」第六十一巻第四号、昭和四十九年四月）
勝又浩「我を求めて――中島敦による私小説論の試み」（「群像」第二十九巻第六号、昭和四十九年六月）
濱川勝彦「晩年の中島敦――「行為」の意味を中心に――」（「国語国文」第四十五巻第十二号、昭和五十一年十二月）
小野好恵編「特集　中島敦　光と風と夢」（「ユリイカ」第九巻第九号、昭和五十二年九月）
木村一信「中島敦・その一斑――漱石との共通点をめぐって――」（「国語国文　研究と教育」第八号、昭和五十五年一月）
国岡彬一「閉ざす型の文学――中島敦の三作品概観――」（「国文白百合」第十四号、昭和五十八年三月）
江藤茂博「中島敦の文学的出発――宿命の認識――」（「武蔵大学日本文化研究」第三号、昭和五十八年五月）
太田一郎「歌の戯れ　忘れられた歌人たち①中島敦」（「短歌研究」第四十三巻第四号、昭和六十一年四月）
越見正毅「中島敦の相聞歌覚書」（「横浜国大　国語研究」第五号、昭和六十二年三月）
岩本卓見「中島敦論――狼疾の人――」（「立教大学日本文学」第六十三号、平成元年七月）
山下真史「中島敦『かめれおん日記』論」（「国語と国文学」第六十七巻第二号、平成二年二月）
勝又浩「中島敦の志気――〈私〉は亡びたが……」（「新潮」第八十八巻第一号、平成三年一月）
藤野恒男「「狼疾記」を読む」（「仁愛国文」第九号、平成三年十二月）

藤野恒男「「かめれおん日記」考」（「仁愛国文」第十号、平成四年十二月）
養老孟司「中島敦の狼疾」（「ちくま」第二六三号、平成五年二月）
本林勝夫「文人たちのうた　13」（「短歌研究」第五十巻第三号、平成五年三月）
江竜珠緒「中島敦の文学――その「精神の運動」――（1）」（「跡見学園国語科紀要」第四十三号、平成七年四月）
鶴谷憲三「太宰治と中島敦との《交響》――昭和十年代作家の一側面――」（「国語と国文学」第七十三巻第八号、平成八年八月）
高橋馨「他者・象徴・エロス（前編）――中島敦論――」（「詩学」第五十五巻第三号、平成十二年二月）
梅本宣之「コミュニケーション不在の文学――中島敦小考――」（「帝塚山学院大学　日本文学研究」第三十五号、平成十六年二月）
和田明子「中島敦論――「狼疾」とは何か――」（「筑紫語文」第十三号、平成十六年七月）

〈四〉中島敦「光と風と夢」関連

大和資雄「旅人スティーヴンスン」（「旅」第十巻第二号、昭和八年二月）
濱川勝彦「中島敦『光と風と夢』をめぐって――「離れ島のツシタラ」の自覚――」（「女子大国文」第七十八号、昭和五十一年十二月）
小沢保博「中島敦の狼疾とその解放――「光と風と夢」論――」（「国文学論集」第十二号、昭和五十四年一月、上智大学）
鏡味國彦「中島敦とロバート・ルイス・スティヴンスン」（「現代文学史研究」第十二号、昭和五十四年十二月）
安廣英仁子「中島敦論――「光と風と夢」に見る雄飛への意志――」（「山口国文」第七号、昭和五十九年三月）
渡邊ルリ「「光と風と夢」詩論」（「叙説」第十五号、昭和六十三年十月）
山下真史「『光と風と夢』論」（「日本近代文学」第五十四集、平成八年五月）
黒川創「「輪郭譚」（『国境』所収、平成十年二月二十五日、メタローグ）

齋藤一「中島敦′スティーブンスンを読み破る――『光と風と夢』のコンテクストについて――」（「立命館言語文化研究」第十四巻第一号、平成十四年五月）
齋藤一「英文学者、中島敦」（『帝国日本の英文学』所収、平成十八年三月三十日、人文書院）
洪瑟君「中島敦とラフカディオ・ハーンの作品比較――『光と風と夢』と『仏領西印度の二年間』を中心に――」（「広島大学大学院教育学部研究科紀要　第二部」第五十六号、平成十九年十二月）
酒見優里「『光と風と夢』における中島敦の反戦思想」（「清泉語文」第三号、平成二十四年三月）
郭玲玲「中島敦『光と風と夢』論――ゴーギャンと『ノア・ノア』を中心に――」（「アジアの歴史と文化」第十九号、平成二十七年三月）

〈五〉中島敦〈南洋もの〉関連

濱川勝彦「中島敦の南洋行」（「国語国文」第四十一巻十二号、昭和四十七年十二月、中央図書出版社）
上前淳一郎「三十年目の南洋群島」（「文藝春秋」第五十二巻第十二号、昭和四十九年十二月）
越智良二「中島敦論――「幸福」を視座として――」（「愛媛国文と教育」第十一号、昭和五十五年七月）
小澤保博「中島敦の南洋行（上）」（「琉球大学教育学部紀要」第二十七集、昭和六十一年十二月）
浦田義和「日本近代文学における〝南〟」（「沖縄国際大学南島文化研究所紀要　南島文化」第八号、昭和六十一年三月）
浦田義和「ミクロネシアと中島敦」（「沖縄国際大学南島文化研究所紀要　南島文化」第九号、昭和六十二年三月）
浦田義和「中島敦と土方久功――日本近代文学と南――」（「沖縄国際大学文学部紀要」第十八巻第二号、平成元年十二月）
和田博文「未知を交通させる場所――中島敦――」（『単独者の場所』所収、平成元年十二月十五日、双文社出版）
村田秀明「中島敦「李陵」『南島譚』関連新資料考」（「国語国文学研究」第二十七号、平成三年九月、熊本大学）
田邉秀穂「スティブンソンのいない島」（『スティブンソンのいない島』所収、平成四年七月三十一日、樹海社）
桜井隆「日本語教育史上の中島敦（またはイデオローグとしての釘本久春）」（「獨協大学教養諸学研究」第二十七巻第一号、

平成四年十月）
山下真史「中島敦『環礁』の方法」（「国文学　解釈と鑑賞」第五十九巻第四号、平成六年四月）
天野真美「中島敦論――「境界」としての「植民地」――」（「早稲田大学大学院教育学部研究科紀要」別冊第二号、平成六年三月）
天野真美「中島敦「幸福」論」（「早稲田大学教育学部　学術研究（国語・国文学編）」第四十三号、平成七年二月）
武下智子「「夫婦」論――中島敦の手法をめぐって――」（「国文目白」第三十五号、平成八年二月）
神谷忠孝・木村一信編『南方徴用作家――戦争と文学――』（平成八年三月二十日、世界思想社）
松下博文「中島敦「マリヤン」考」（「叙説」第十四号、平成九年一月）
中村和恵「「マリヤン」に聞きたい――いま・ここで・わたしが・ポストコロニアル文学を読む、ということ」（「現代詩手帖」第四十巻第二号、平成九年二月）
橋本正志「中島敦「マリヤン」考――〈南洋島民〉の虚像と実像――」（「論及日本文学」第六十七号、平成九年十二月）
浦田義和「中島敦と南洋庁公学校国語読本巻一～巻三」（「佐賀大国文」第二十六号、平成十年三月）
須藤直人「中島敦と南洋――三つの脱領域、南洋言説――」（「超域文化科学紀要」第三号、平成十年六月）
本田孔明「見えないユートピア――中島敦「南島譚」「環礁」の方法――」（「昭和文学研究」第三十七集、平成十年九月）
浦田義和「中島敦と南洋庁公学校国語読本巻四～巻六」（「佐賀大国文」第二十七号、平成十年十一月）
仲程昌徳「「旅の手帖から」と「章魚木」――中島敦の「南洋もの」新資料紹介――」（「日本東洋文化論集」第六号、平成十二年三月）
諸岡知徳「中島敦「マリヤン」論――一九四二年の「マリヤン」――」（「阪神近代文学研究」第三号、平成十二年七月）
武下智子「中島敦「幸福」論――フィクションとしての南洋――」（「名古屋自由学院短期大学研究紀要」第三十三号、平成十三年三月）
山田富貴「南の幻想行――中島敦『南島譚』をめぐって――」（「岐阜経済大学論集」第三十五巻第一号、平成十三年十月）

楠井清文「中島敦「マリヤン」論――相対化される〈南洋〉表象――」（『日本文芸学』第三十九号、平成十五年二月）
櫻田俊子「中島敦『幸福』論――その『列子』受容――」（『日本文学論叢』第三十二号、平成十五年三月）
ロバート・ティアニー「南洋を「西洋眼鏡」で見る　中島敦の「マリヤン」をめぐって」（筑波大学文化批評研究会編『〈翻訳〉の圏域――文化・植民地・アイデンティティー』所収、平成十六年二月二十七日、イセブ）
陳愛華「南島憧憬の行方――中島敦におけるアンチ〈近代〉の思考――」（『広島大学大学院教育学部研究科紀要』第二部第五十三号、平成十六年三月）
内藤高「トポスとしての島」（『大阪大学大学院文学研究科国文学・東洋文学講座』第四十五号、平成十七年三月）
西原大輔「中島敦「李陵」「弟子」と南洋植民地」（『比較文学研究』第八十六号、平成十七年十一月）
肖航「中島敦と南洋行――南洋物の多様性を中心に――」（『現代社会文化研究』第三十五号、平成十八年三月）
肖航「中島敦「マリヤン」論――植民地に生きるインテリ女性像――」（『表現文化研究』第二号、平成十八年三月）
橋本正志「旧南洋群島における国語読本第5次編纂の諸問題――その未完の実務的要因を中心に――」（『立命館文学』第五九四号、平成十八年三月）
須藤直人「太平洋の異人種間恋愛譚――植民地ロマンスとその「書き換え」――」（『比較文学研究』第八十八号、平成十八年十月）
本田孔明「夢見る頃を過ぎても――中島敦「幸福」小論――」（『立教大学日本文学』第九十七号、平成十八年十二月）
橋本正志「中島敦「雞」論」（『日本文芸学』第四十三号、平成十九年二月）
浦田義和『占領と文学』（平成十九年二月二十日、法政大学出版局）
西成彦「外地巡礼――外地日本語文学の諸問題」（神谷忠孝・木村一信編『〈外地〉日本語文学論』所収、平成十九年三月二十日、世界思想社）
土屋忍「中島敦　1909――1943」（飯田祐子他編『文学で考える〈日本〉とは何か』所収、平成十九年四月十日、双文社出版）
藤村猛「中島敦の作品に描かれた「女性」たち（4）」（『安田女子大学紀要』第三十六号、平成二十年二月）

須藤直人「中島敦の混血表象と南洋群島――ポストコロニアル異人種間恋愛譚――」（「国語と国文学」第八十六巻第四号、平成二十一年四月）
洪瑟君「中島敦「マリヤン」論――島民に投影された作家の自己イメージ」（「国文学攷」第二〇三号、平成二十一年九月）
山本卓「太平洋を描く――中島敦のスティーヴンソンとスティーヴンソンのサモア」（「言語文化論叢」第十五号、平成二十三年三月）
永井博「主人と奴隷の逆転が意味するもの――中島敦「幸福」論――」（「四日市大学論集」第二十三巻第二号、平成二十三年三月）
洪瑟君「昭和作家の〈南洋行〉――中島敦と高見順を中心に」（「台大日本語文研究」第二十四号、平成二十四年十二月）
陸婵「中島敦の南洋行に関する一考察――「南の空間」における〈境界性〉を中心に」（「言語・地域文化研究」第十九号、平成二十五年三月）
郭勇「都会の不在――中島敦の上海旅行についての考察――」（「日本研究教育年報」第十七号、平成二十五年三月）
橋本正志「中島敦の〈南洋行〉――文部省図書監修官・釘本久春との関わりを中心に」（池内輝雄他編『〈外地〉日本語文学への射程』所収、平成二十六年三月二十八日、双文社出版）
閻瑜「中島敦の南洋物に見られるその時代意識――「マリヤン」を中心に」（「大妻国文」第四十五号、平成二十六年三月）
閻瑜「中島敦の南洋物の創作意識について――「夾竹桃の家の女」を中心に――」（「大妻国文」第四十六号、平成二十七年三月）
金子遊「憂鬱なミクロネシア」（『異境の文学――小説の舞台を歩く――』所収、平成二十八年九月十五日、アーツアンドクラフツ）

〈六〉 中島敦文献目録

田鍋幸信「中島敦蔵書目録」（日本文学研究資料刊行会編『日本文学研究資料叢書　梶井基次郎・中島敦』所収、昭和五十

三年二月二十日、有精堂出版）
鷺只雄「中島敦」（大久保典夫・高橋春雄編『現代文学研究事典』所収、昭和五十八年七月二十五日、東京堂出版）
佐々木充「中島敦」（長谷川泉編『現代文学研究　情報と資料　愛蔵版』所収、昭和六十二年九月二十五日、至文堂）
齋藤勝『中島敦書誌』（平成九年六月三十日、和泉書院）

〈七〉中島敦が影響を受けた海外文学関連

陳啓天『韓非子校釈』（中華民国四十七年一月、集成圖書公司）
荘子『漢文大系　荘子翼』（明治四十四年八月二十五日、冨山房）
秋田玄務「ピエル、ロチ論」（「帝国文学」第十八巻第九号、大正元年九月）
中野比呂二「ピエール・ロチー論」（「慶應義塾学報」第一八五号、大正元年十二月）
センツベリー著・久保正夫訳『仏蘭西文学史　下巻』（大正五年十二月二十日、向陵社）
韓非子『国釈漢文大成　経子史部第九帙』（大正十年二月二十五日、国民文庫刊行会）
吉江喬松「ピェル・ロティ」（佐藤義亮編『世界文学講座　仏蘭西文学篇（下）』所収、昭和六年三月五日、新潮社）
ピエール・ロティ著・落合孝幸訳『ロティの日記』（昭和十二年九月二十六日、白水社）
カフカ著・山下肇訳『変身　他一篇』（昭和二十三年一月七日、岩波書店）
牟田口義郎「ロティとタヒチ」（「世界文学」第三十八号、昭和二十五年二月）
ゲーテ著・畠中尚志訳『ファウスト（第一部）』（昭和三十三年三月五日、岩波書店）
ゲーテ著・畠中尚志訳『ファウスト（第二部）』（昭和三十三年三月二十五日、岩波書店）
岡田真吉「ピエル・ロティについて」（「花」第十一号、昭和二十三年八月）
大木吉甫「ピエール・ロティの恋愛の型［1］」（「東京学芸大学　研究報告」第十一集、昭和三十五年二月）
内野熊一郎『新釈漢文大系　第4巻　孟子』（昭和三十七年六月十五日、明治書院）

カフカ著・城山良彦訳『集英社版世界の文学　2　カフカ』（昭和五十三年七月二十日、集英社）
氷上英廣『大いなる正午　ニーチェ論考』（昭和五十四年十二月二十日、筑摩書房）
ジョナサン・スウィフト著・平井正穂訳『ガリヴァー旅行記』（昭和五十五年十月十六日、岩波書店）
高松敏男「日本における『ツァラトゥストラ』の需要と翻訳史」（高松敏男『ニーチェから日本近代文学へ』所収、昭和五十六年四月二十日、幻想社）
八木浩「カフカと中島敦――象徴と変身――」（八木浩『カフカと現代日本文学』所収、昭和六十年十月一日、同学社）
ノヴァーリス著・青山隆夫訳『青い花』（平成元年八月十六日、岩波書店）
奥野政元「中島敦とニーチェ」（「活水論文集　日本文学科編」第三十四号、平成三年三月）
落合孝幸『増補版　ピエール・ロティ――人と作品――』（平成四年九月一日、駿河台出版社）
内藤高「音としての日本――ピエール・ロチ『お菊さん』を手掛かりとして――」（「同志社国文学」第六十四号、平成四年十二月）
三原弟平『カフカ「変身」注釈』（平成七年一月十日、平凡社）
二見史郎「ファン・ゴッホとゴーガン――ピエール・ロティとラフカディオ・ハーンをめぐって――」（「日本大学　芸術学部紀要」第二十七号、平成九年、月日不記載）
平石典子「「醜い日本人」を巡って――ダンヌンツィオ・ロティ・高村光太郎」（「人文論叢」第十六号、平成十一年七月、三重大学）
ピエール・ロティ著・工藤庸子訳『アジヤデ』（平成十二年二月五日、新書館）
森田喜郎『文学にみられる「運命」の諸相――近世文学・太宰治・芹沢光治良――』（平成十四年三月二十五日、勉誠出版）
ニーチェ著・氷上英廣訳『ツァラトゥストラはこう言った（上）』（平成十四年四月五日、岩波書店）
カフカ著・池内紀訳『カフカ寓話集』（平成十四年五月十六日、岩波書店）
ニーチェ著・氷上英廣訳『ツァラトゥストラはこう言った（下）』（平成十四年十月十五日、岩波書店）

小川さくえ「ピエール・ロティ『お菊さん』――幻想に裏切られた西欧人が見た日本女性――」(「宮崎大学教育文化学部紀要　人文科学」第十一号、平成十六年四月)
桑原隆行「ピエール・ロチにおけるセピア色の現在――『アジヤデ』と『東洋の最後の幻影』の間――」(「福岡大学研究部論集　A」第四巻第四号、平成十六年七月)
末松壽「『ロティの結婚』はどのように作られているか」(「山口大学独仏文学」第二十七号、平成十七年十二月)
桑原隆行「手紙あるいは『アジヤデ』論」(「福岡大学研究部論集　A」第六巻第三号、平成十八年八月)
小川さくえ「ピエール・ロティ『お菊さん』」(小川さくえ『オリエンタリズムとジェンダー――「蝶々夫人」の系譜』所収、平成十九年十月五日、法政大学出版局)
川戸道昭・榊原貴教編『図説　翻訳文学総合事典　第5巻　日本における翻訳文学(研究編)』(平成二十一年十一月二十四日、大空社)
東京国立近代美術館編『ゴーギャン展』(平成二十一年、月日不記載、東京国立近代美術館)
カバ・加藤　メレキ「ピエール・ロティ『ロティの結婚』――民族学者的な眼差しとフランス領ポリネシア――」(「文学研究論集」第二十八号、平成二十二年二月)

〈八〉〈南洋〉関連

志賀重昂『南洋時事』(明治二十年四月、日不記載、丸善商社書店)
井上清『南洋と日本』(大正二年七月二十八日、大正社)
文部省専門学務局『南洋新占領誌視察報告』(大正五年三月三十一日、文部省専門学務局)
通信省通信局『南洋占領諸島概記』(大正五年五月三十日、通信省通信局)
上野山清貢『写生地』(大正十五年七月十五日、中央美術社)
島崎新太郎『南洋へ――』(昭和六年四月二十日、新時代社)

長谷部言人・八幡一郎『過去の我南洋』（昭和七年六月二十日、岡書院）
金平亮三「南洋群島植物誌」（昭和八年六月三十日、南洋庁）
南洋庁「南洋庁広報」第二百六十二号（昭和八年十一月、日不記載、南洋庁）
松崎啓次撮影編輯「南洋・島民と日本人と」（「改造」第十七巻第四号、昭和十年四月）
三好武二「文学となつた太平洋」（「世界知識」第八巻第五号、昭和十年五月）
南洋協会南洋群島支部編『日本の南洋群島』（昭和十年十二月二十五日、南洋協会南洋群島支部）
吉田昇平「ヤップ島カナカ族の血族結婚と人口減少問題［上］」（「南洋群島」第二巻第七号、昭和十一年七月）
安藤盛『南洋記』（昭和十一年八月十八日、昭森社）
南洋庁蚕業試験場林業部編『見本園主要植物目録』（昭和十一年九月、日不記載、南洋庁）
和田傳『村落裸記』（昭和十二年一月十五日、協和書院）
安藤盛『未開地』（昭和十二年七月二十日、岡倉書房）
文学・思想懇話会『近代の夢と知性――文学・思想の昭和一〇年前後（1925～1945）』（平成十二年十月二十日、翰林書房）
木村博「南洋マーシヤル諸島ヤルート支庁管下癩病患者隔離療養所の現状」（「体性」第二五巻第四号、昭和十三年四月）
南洋群島教育会『南洋群島教育史』（昭和十三年十月二十日、南洋群島教育会）
権藤重義『南洋は招く』（昭和十四年十二月二十五日、日本公論社）
南洋庁長官官房調査課『南洋群島島勢調査書』（昭和十五年三月一日、南洋庁長官官房調査課）
丸山義二『南洋紀行』（昭和十五年七月十六日、興亜日本社）
木村荘十『南海の青雲』（昭和十五年七月二十七日、博文館）
赤松俊子「南洋だより」（「海を越えて」第三巻第九号、昭和十五年九月）
長谷部言人「南洋群島人の混血問題」（「南洋群島」第二十九巻第十一号、昭和十五年十一月）
小原清茂「学生ルポルタージュ　南洋風土記」（「新青年」第二十一巻第十三号、昭和十五年十一月）

中河与一『熱帯園』（昭和十五年十二月十日、第一書房）
丸山義二『帆船天佑丸』（昭和十六年二月二十日、萬里閣）
石川達三『使徒行伝』（昭和十六年三月三十一日、新潮社）
野口正章『今日の南洋』（昭和十六年四月二十八日、坂上書院）
平野義太郎編『大南洋（文化と農業）』（昭和十六年五月十五日、河出書房）
海外研究所『南洋年鑑（昭和十六年度版）』（昭和十六年九月一日、海外研究所）
国松久彌『新南洋地誌』（昭和十六年十月二十五日、古今書院）
野口正章『パラオ島夜話』（昭和十六年十二月二十八日、建設社出版部）
河口史郎「カナカ・民話二篇」（「南洋水産」第八巻第一号、昭和十七年一月）
岩倉具栄『大東亜建設と植民政策』（昭和十七年三月二十五日、八木書店）
江口為蔵「南洋ニ於ケル混血児」（「人類学・人類遺伝学・体質学論文集」第一冊、昭和十七年四月）
田邊尚雄『南洋の音楽と舞踊』（昭和十七年五月、日不記載、六興商会出版部）
山田克郎『装帆』（昭和十七年八月十日、泰光堂）
嘉治隆一『南島巡航記』（昭和十七年八月三十日、大和書店）
日本拓殖協会編『南方文献目録』（昭和十七年九月十五日、日本拓殖協会）
矢田彌八『群島』（昭和十七年九月二十日、新小説社）
土方久功『パラオの神話伝説』（昭和十七年十一月五日、大和書店）
八木隆一郎『赤道』（昭和十七年十二月八日、天佑書房）
野口正章『外地』（昭和十七年十二月十五日、海洋文化社）
佐藤弘編『南方共栄圏の全貌』（昭和十七年十二月、日不記載、旺文社）
松岡静雄『ミクロネシア民族誌』（昭和十八年一月三十日、岩波書店）

宮武正道・北村信昭『お月さまに昇った話』（昭和十八年二月十一日、国華堂日童社）
山田克郎『炎の島』（昭和十八年三月十八日、協栄出版社）
五十嵐隆『太平洋諸島統計書』（昭和十八年三月二十日、国際日本協会）
倉橋弥一『孤島の日本大工』（昭和十八年八月二十日、文松堂書店）
横川毅一郎『評伝川端龍子』（昭和十九年三月十日、造形藝術社）
南洋経済研究所「南洋群島島民教育概況（下）」（「南洋資料」第四二九号、昭和二十年三月）
小原國芳編『学習大辞典　隣邦地理篇』（昭和二十六年三月三十日、玉川大学出版部）
石川達三『望みなきに非ず・ろまんの残党』（昭和三十二年九月二十五日、新潮社）
丸木俊子『生々流転』（昭和三十三年十一月一日、実業之日本社）
朴慶植『日本帝国主義の朝鮮支配　上』（昭和四十八年三月一日、青木書店）
矢野暢『日本の南洋史観』（昭和五十四年八月二十五日、中央公論社）
無署名「大正時代の日本人の南洋観」（「科学朝日」第四十二巻第八号、昭和五十七年八月）
吉久明宏「南洋関係諸団体刊行物目録（1）南洋庁編」（「アジア・アフリカ資料通報」第二十巻第八号、昭和五十七年八月）
武村次郎「財団法人南洋群島協会の歩み」（「太平洋学会誌」第三十三号、昭和六十二年一月）
高橋常昭編「巻頭特集　異貌のジャポニズム　ポール・ジャクレー」（「版画芸術」第六十号、昭和六十三年四月）
福田須美子「芦田恵之助の南洋群島国語読本」（「成城文芸」第一二六号、平成元年三月）
岡谷公二『南海漂泊――土方久功の生涯――』（平成二年八月三十日、河出書房新社）
今泉裕美子「日本の軍政期南洋群島統治（1914――22）」（「国際関係学研究」第十七号、平成三年三月）
清水元「明治中期の「南進論」と「環太平洋」構想の原型（Ⅰ）」（「アジア経済」第三十二巻第九号、平成三年十月）
清水元「明治中期の「南進論」と「環太平洋」構想の原型（Ⅱ）」（「アジア経済」第三十二巻第十号、平成三年十一月）
京極興一「「国語」観と植民地言語政策（その一）」（「信州大学教育学部紀要」第七十四号、平成三年十二月）

片木晴彦「日本の委任統治下におけるミクロネシアの法制度」（畑博行他編『南太平洋諸国の法と社会』所収、平成四年二月二十日、有信堂高文社）
京極興一「「国語」観と植民地言語政策（その二）」（「信州大学教育学部紀要」第七十五号、平成四年三月）
マーク・R・ピーティー「日本植民地下のミクロネシア」（大江志乃夫他編『岩波講座　近代日本と植民地1　植民地帝国日本』所収、平成四年十一月五日、岩波書店）
大塚浩「芦田恵之助国語読本編纂史における『南洋群島国語読本』の位置と意義――本科用巻一～巻三を中心に――」（「兵庫教育大学第2部（言語系教育講座）」、平成四年、月不記載）
藤野豊「「大東亜共栄圏」とハンセン病問題」（藤野豊『日本ファシズムと医療』所収、平成五年一月二十七日、岩波書店）
今泉裕美子「南洋群島委任統治政策の形成」（大江志乃夫他編『岩波講座　近代日本と植民地4　統合と支配の論理』所収、平成五年三月五日、岩波書店）
河内紀「土方久功の「南洋」を読む【上】」（「調査情報」第十号、平成五年三月）
河内紀「土方久功の「南洋」を読む【中】」（「調査情報」第十一号、平成五年五月）
河内紀「土方久功の「南洋」を読む【下】」（「調査情報」第十二号、平成五年七月）
押野武志「南島オリエンタリズムへの抵抗――広津和郎の〈散文精神〉――」（「日本近代文学」第四十九集、平成五年十月）
崎山理「ミクロネシア・ベラウのピジン化日本語」（「思想の科学」第五二二号、平成七年二月）
琉球大学付属図書館展示委員会『矢内原忠雄文庫南洋群島関係資料展』（平成七年九月十一日、琉球大学付属図書館）
坂野徹「人類学者たちの〝南〟（Ⅰ）――戦前日本におけるミクロネシア人研究をめぐって――」（「科学史研究　第Ⅱ期」第三十五巻第二〇〇号、平成八年一月）
冨山一郎「熱帯科学と植民地主義――「島民」をめぐる差異の分析学――」（酒井直樹編『ナショナリティの脱構築』所収、平成八年二月二十五日、柏書房）
後藤乾一「近代日本の南進――台湾・南洋群島・東南アジアの比較考察――」（「史潮」第三十九号、平成八年八月）

小森陽一「自己と他者の〈ゆらぎ〉――中島敦の植民地体験」（小森陽一『〈ゆらぎ〉の日本文学』所収、平成八年九月三十日、日本放送出版協会）
日本図書センター『旧植民地人事総覧　樺太・南洋群島編』（平成九年二月二十五日、日本図書センター）
坂野徹「人類学者たちの〝南〟（Ⅱ）――戦前日本におけるミクロネシア人研究をめぐって――」（『科学史研究　第Ⅱ期』第三十六巻第二〇一号、平成九年四月）
等松春夫「南洋群島委任統治継続をめぐる国際環境一九三一――三五――戦間期植民地支配体制の一段面――」（『国際政治』第一二二号、平成十一年九月）
長山靖夫「小栗虫太郎と不在の南洋」（『朱夏』第十三号、平成十一年十月）
多仁安代『大東亜共栄圏と日本語』（平成十二年四月十日、勁草書房）
印東道子「ミクロネシアに遺された「日本」」（『外交フォーラム』第一四一号、平成十二年五月）
佐道明広「昭和天皇侍従が見た日本統治時代の南洋」（『外交フォーラム』第一四一号、平成十二年五月）
山口洋兒『日本統治下ミクロネシア文献目録』（平成十二年九月三十日、風響社）
ラワンチャイクン　寿子「南洋美術考――「他者」の再生産と「自己」の獲得――」（『九州藝術学会誌　デアルテ』第十七号、平成十三年三月）
藤野豊『「いのち」の近代史　「民族浄化」の名のもとに迫害されたハンセン病患者』（平成十三年五月一日、かもがわ出版）
今泉裕美子「南洋群島研究の立場から」（『エコノミア』第五十二巻第二号、平成十三年十一月）
由井紀久子「「日本語」から「国語」へ――旧南洋群島でのことばによる統治力の構築――」（『京都外国語大学研究論叢』２００２年ＬⅠＸ号、平成十四年九月）
曽根地之「南洋群島における神社の実態とその展開」（『戦争と平和』第十二号、平成十五年三月）
出岡学「南洋群島統治と宗教――一九一四～二二年の海軍統治期を中心にして――」（『史学雑誌』第一一二編第四号、平成十五年四月）

高木茂樹「南洋群島のキリスト教政策――海軍とプロテスタント・カトリック両派との交渉をめぐって――」（『歴史学研究』第七七五号、平成十五年五月）

横浜美術館編『Paul Jacoulet』（平成十五年五月十四日、淡交社）

上原轍三『植民地として観たる南洋群島の研究』（平成十六年二月二十三日、大空社）

河原林直人「南洋協会という鏡――近代日本における「南進」を巡る「同床異夢」――」（『人文学報』第九十一号、平成十六年十二月）

岩城紀子「龍子、南へ行く――近江丸Ⅱと南洋の旅――」（毎日新聞社編『生誕１２０年　川端龍子展』所収、平成十七年、月日不記載、毎日新聞社）

岡谷公二『絵画のなかの熱帯　ドラクロワからゴーギャンへ』（平成十七年十二月一日、平凡社）

森岡純子「パラオにおける戦前日本語教育とその影響――戦前日本語教育を受けたパラオ人の聞きとり調査から――」（山口幸二先生退職記念集「ことばとそのひろがり」第四号、平成十七年、月日不記載）

浅野豊美編『南洋群島と帝国・国際秩序』（平成十九年二月二十日、慈学社出版）

藤野豊編『近現代日本ハンセン病問題資料集成〈補巻〉第5回配本［補巻13・別冊1］』（平成十九年五月二十五日、不二出版）

高村聡史「賢問愚問　解説コーナー　南洋庁の支配形態　日本史の研究（２１９）」（『歴史と地理　日本史の研究』第六一〇号、平成十九年十二月）

世田谷美術館編『パラオ――ふたつの人生　鬼才・中島敦と日本のゴーギャン・土方久功展』（平成十九年、月日不記載、世田谷美術館）

ISLA Center for the Arts at the University of Guam『Paul Jacoulet's Vision of Micronesia』（二〇〇七年（平成十九年）、月日不記載）

浦川和也「近代日本人の東アジア・南洋諸島への「まなざし」」（『国立歴史民俗博物館研究報告』第一四〇集、平成二十年

三月）
町田市立国際版画美術館・東京新聞編『美術家たちの「南洋群島」展』（平成二十年四月十二日、東京新聞社）
池内輝雄「南方への眼差し　大衆雑誌と〈南洋〉」（池内輝雄『近代文学の領域　戦争・メディア・志賀直哉など』所収、平成二十一年三月十五日、蒼丘書林）
滝沢恭司「南進政策と美術――南洋美術協会をめぐって――」（東京文化財研究所編『昭和期美術展覧会の研究』所収、平成二十一年五月十五日、中央公論美術出版）
鈴村和成「タヒチというモデル――ゴーギャン、ランボー、そして写真――」（「現代の眼」第五七七巻、平成二十一年八月）
菅野聡美「楽園幻想の起源を求めて②南洋憧憬と南洋蔑視」（「政策科学・国際関係論集」第十三号、平成二十三年三月）
石川友紀「旧南洋群島日本人移民の生活と移動――沖縄県出身移民の事例を中心に――」（「移民研究」第七号、平成二十三年三月）
等松春夫『日本帝国と委任統治』（平成二十三年十二月二十五日、名古屋大学出版会）
坪井秀人「浦島のゆくえ――ハーンと〈日本〉回帰――」（坪井秀人『性が語る』所収、平成二十四年二月二十日、名古屋大学出版会）
千住一「委任統治期南洋群島における内地観光団（1922-1924年）」（「奈良県立大学研究季報」第二十二巻第四号、平成二十四年三月）
千住一「委任統治期南洋群島における内地観光団（1925-1927年）」（「奈良県立大学研究季報」第二十三巻第一号、平成二十四年九月）
千住一「委任統治期南洋群島における内地観光団（1928-1930年）」（「奈良県立大学研究季報」第二十四巻第一号、平成二十五年九月）
千住一「委任統治期南洋群島における内地観光団（1931-1933年）」（「奈良県立大学研究季報」第二十四巻第三号、平成二十六年二月）

〈九〉中島敦全集及び単行本

中島敦『中島敦全集　第一巻』（平成十三年十月十日、筑摩書房）
中島敦『中島敦全集　第二巻』（平成十三年十二月二十日、筑摩書房）
中島敦『中島敦全集　第三巻』（平成十四年二月二十日、筑摩書房）
中島敦『中島敦全集　別巻』（平成十四年五月二十日、筑摩書房）
中島敦『中島敦全集　第一巻』（昭和五十一年三月十五日、筑摩書房）
中島敦『中島敦全集　第二巻』（昭和五十一年五月二十五日、筑摩書房）
中島敦『中島敦全集　第三巻』（昭和五十一年九月三十日、筑摩書房）
中島敦『中島敦全集　第一巻』（昭和四十九年一月、文治堂書店）
中島敦『中島敦全集　第二巻』（昭和四十九年一月、文治堂書店）
中島敦『中島敦全集　第三巻』（昭和四十八年七月、文治堂書店）
中島敦『中島敦全集　第四巻』（昭和四十九年五月、文治堂書店）
中島敦『南島譚』（昭和十七年十一月十五日、今日の問題社）
中島敦『光と風と夢』（昭和二十年三月十五日、筑摩書房）
中島敦『わが西遊記』（昭和二十四年三月二十日、京北書房）

＊ただし、二〇一六年現在までにまとめられたものだけ掲載している。〈南洋もの〉を中心に据えたため、『山月記』など〈中国もの〉は除いた。

資料篇――〈南洋〉関連

【凡例】

一、資料は、【1作品の舞台】【2南洋女性表象——「チャモロ」と「カナカ」】【3南洋女性表象——「ミス・グントウ」】【4南洋女性表象——「新聞」から見る】【5南洋作品書影一覧】で構成されている。

一、【1作品の舞台】では、「マリヤン」に登場する場所の写真を掲載した。本書では、主に、第五章「中島敦「真昼」論Ⅱ——視座としての「真昼」——」に対応する。

一、【2南洋女性表象——「チャモロ」と「カナカ」】【3南洋女性表象——「ミス・グントウ」】【4南洋女性表象——「新聞」から見る】は、主に、第三章「大久保康雄〈南洋行〉——中島敦との接点を中心に——」、第四章「中島敦「真昼」論Ⅰ——〈南洋〉表象と作家イメージ——」に対応する。

一、【5南洋作品書影一覧】以外は、文中に【図1】のように示した。

一、図版資料にはそれぞれに典拠を記した。

一、敬称は省略した。

一、〈南洋〉資料の多くは、故・山口洋児氏が収集、開設されたアジア太平洋資料室に拠る。また、山口氏がまとめられた『日本統治下ミクロネシア文献目録』（平成十二年九月三十日、風響社）を参考とした。謹んで謝意を表したい。

1 作品の舞台

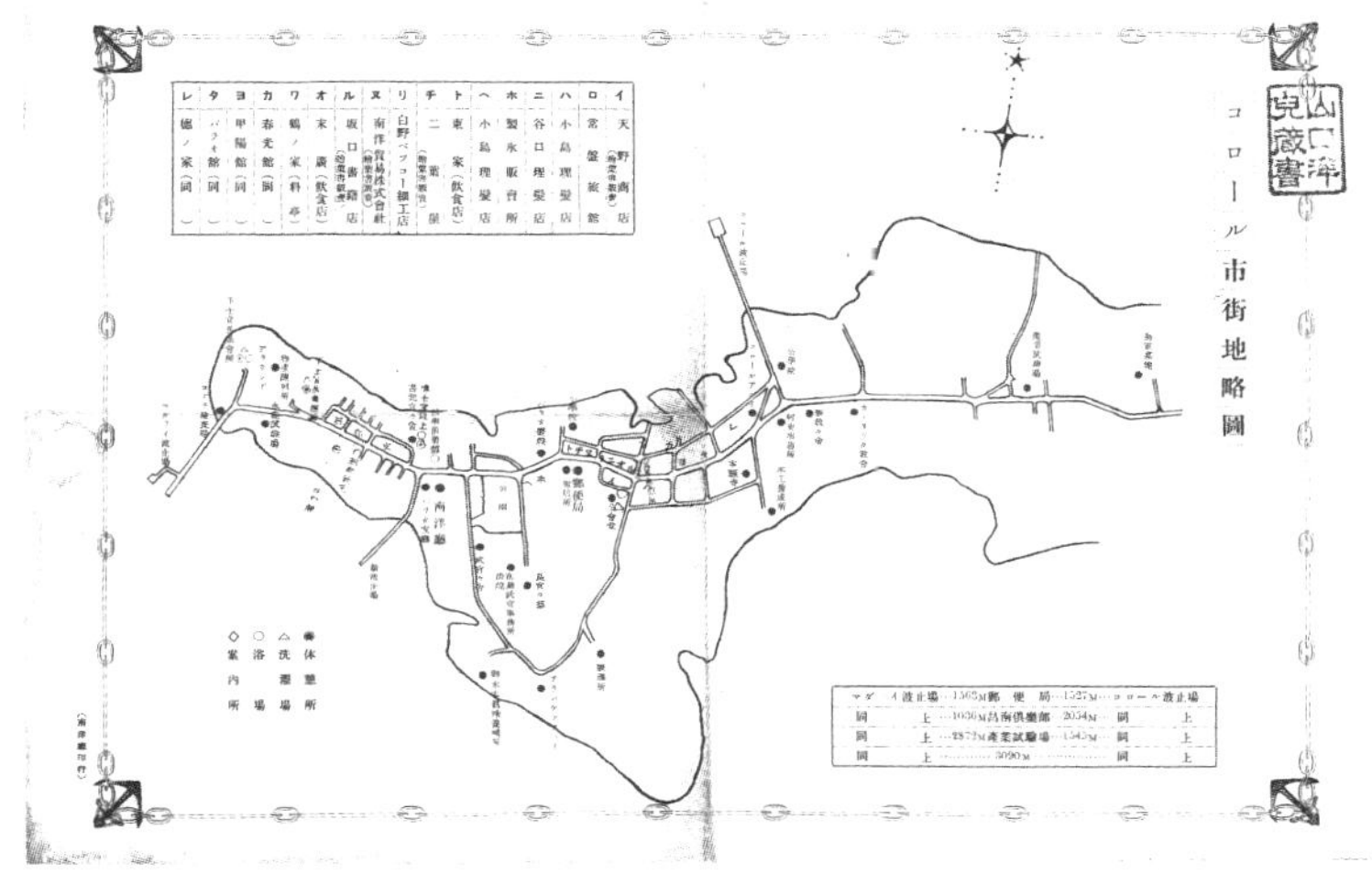

【図1】コロール市街地図（アジア太平洋資料室所蔵）

【図2】コロールの町（『南洋踏査記念写真帖　昭和十一年度』昭和12年1月31日、学徒至誠会）

実際、此のコロールといふ街――其処に私は一番永く滞在してゐた訳だが――には、熱帯でありながら温帯の価値標準が巾をきかせてゐる所から生ずる一種の混乱があるやうに思はれた。最初此の町に来た時はそれ程に感じなかつたのだが、其の後一旦此処を去つて、日本人が一人も住まない島々を経巡つて来たあとで再び訪れた時に、此の事が極めてハッキリと感じられたのである。（「マリヤン」）

私達はコロール波止場の方へ歩いて行つた。波止場の先にプールが出来てゐるのだが、其のプールの縁に我々は腰を下した。

相当な年輩のくせにひどく歌の好きなH氏が大声を上げて、色んな歌を——主に氏の得意な様々のオペラの中の一節だつたが、——唱つた。マリヤンは口笛ばかり吹いてゐた。厚い大きな脣を丸くとんがらせて吹くのである。（「マリヤン」）

【図3】コロール波止場（『南洋踏査記念写真帖　昭和十三年度』昭和14年1月31日、学徒至誠会）

私の変屈な性質のせゐか、パラオの役所の同僚とはまるで打解けた交際が出来ず、私の友人といつていいのはH氏の外に一人もゐなかつた。H氏の部屋に頻繁に出入するにつれ、自然、私はマリヤンとも親しくならざるを得ない。（「マリヤン」）

群島行政の源である。南洋廳は大正十一年開設せられて、產業の開發、教育の普及、衞生の改善、資源の開拓等凡ゆる施設をなしてゐる。其の結果今や昔の面目一新され、[illegible]を挙げてゐる。南洋廳には長官、書記官、事務官、技師、屬、警部、技手等多數の官吏が居る。

【図4】南洋庁（西野元章編『海の生命線我が南洋の姿』、昭和10年10月10日、二葉屋呉服店）

【図5】

【図6】

【図5】【図6】アジア太平洋資料室所蔵写真

【図7】西野元章編『海の生命線我が南洋の姿』昭和10年10月10日、二葉屋呉服店

【図8】「ミス・グントウ（その一）」（「南洋群島」第一巻第二号、昭和10年3月）

【図9】「ミス・グントウ　その二」（「南洋群島」第一巻第三号、昭和10年4月）

【図10】「ミス・グントウ　その三」（「南洋群島」第一巻第四号、昭和10年5月）

ミス・グントウ　その四

【図11】「ミス・グントウ　その四」（「南洋群島」第一巻第五号、昭和10年6月）

ミス・グントウ　その五

【図12】「ミス・グントウ　その五」（「南洋群島」第一巻第六号、昭和10年7月）

【図13】「ミス・グントウ（その六）」（「南洋群島」第一巻第七号、昭和10年8月）

【図14】「ミス・グントウ（その七）」（「南洋群島」第一巻第八号、昭和10年9月）

4 南洋女性表象――「新聞」から見る

南洋群島が日本の委任統治領だった時代、南進政策の一環として重要視されたこの地に関する文献は多く残されている。なかでも、新聞には、現地からの報告や、南洋からの観光団の様子などが多く掲載されている。

新聞の記事を探ることで、当時の人々が〈南洋〉にどのようなまなざしを向けていたかがわかるだろう。

まず、【図15】【図16】には流行歌「カナカの娘」の宣伝を載せている。椰子の木、踊る南洋島民、腰蓑姿の南洋女性。これらが端的に〈南洋〉イメージを示している。

次に、【図17】には〈南洋女性〉に関する記事を、【図18】から【図21】までは、南洋からの観光団に取材した記事を挙げている。

すべて〈南洋女性〉を中心に撮影されている。それも、洋装の〈文明〉化した姿である。これらは、〈文明〉化する使命を与えられた日本の姿勢とも呼応している。

しかしながら、注目したいのは、たとえば【図17】「南洋一の美人」という記事に「西洋夫人の寝巻の様なものを着て居るが、いざ舞踊になると、斯る文明の仮面は悉くぬぎ捨てる。そして彼等本来の面目に返つて椰子の実の油を全身にぬる、そして花環を頭にまいて、舞踊るのである。此処が面白いではないか。」とあるように、「文明」はあくまでも「仮面」であり、それを脱ぎ捨て、〈南洋〉本来の舞踊を求める姿が見て取れる点である。

それは【図21】でも同様である。〈文明〉化されたのは外面だけで、あくまでも内面は「カナカの娘」で見られたような〈裸〉で〈腰蓑〉の〈南洋女性〉だったことが強調されている。

【図20】もまた、同質のまなざしが見て取れよう。「靴をブラ下げた南洋美人」との記事には「ハイカラ娘さん」が「我慢しきれなくなつてうるさいリボンを引きちぎ」り、裸足で歩く姿が捉えられている。

これら新聞記事から、〈南洋〉との同一化を目指しながら、根本的な差異を強調したい当時の姿勢が窺えるだろう。

【図16】（昭和８年７月25日「読売新聞」夕刊）　【図15】（昭和８年８月13日「読売新聞」夕刊）

南洋畫報（二十、完）

▲南洋一の美人

【図17】「南洋画報　▲南洋一の美人」（大正４年８月７日「東京朝日新聞」）

【図18】「南洋の女風俗　チャムロとカナカの女尊男卑」（大正７年７月17日「読売新聞」）

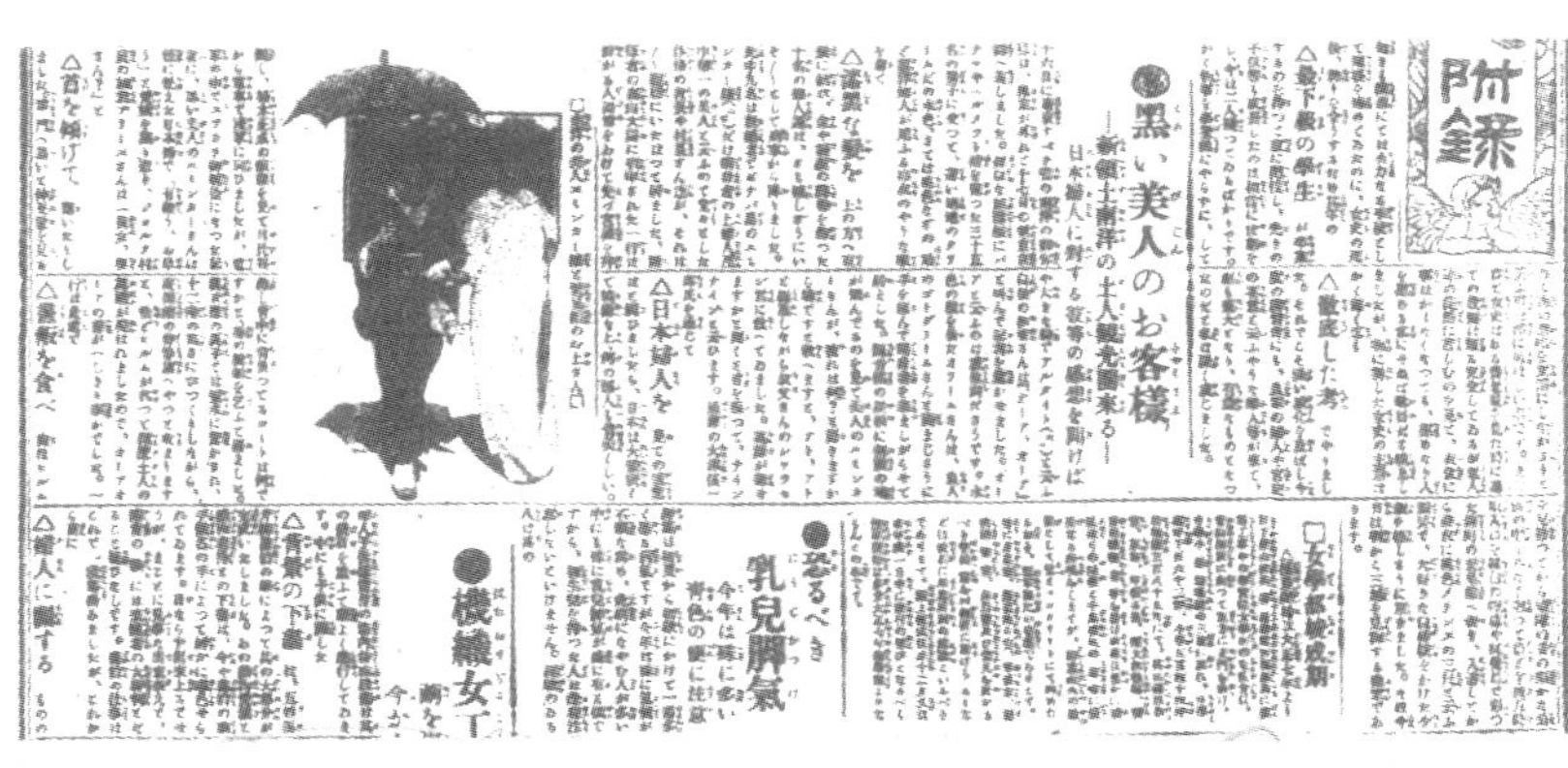
附録

●黒い美人のお客様

―新領土南洋の土人観光團來る―

恐るべき

乳兒脚氣

機織女工

【図19】「黒い美人のお客様 ── 新領土南洋の土人観光団来る ── 」(大正5年8月18日「読売新聞」)

「南洋ぢや美人」の踊り

チョット望めませんよ

けふ着いた酋長の娘さん達

南洋視察の青年勢揃ひ

靴をブラ下げた南洋美人

【図20】「靴をブラ下げた南洋美人」(大正11年8月6日「読売新聞」)

【図21】「「南洋ぢや美人」の躍り　チョット望めませんよ」(昭和9年7月1日「東京朝日新聞」夕刊)

5 南洋作品書影一覧

1 和田傳『村落裸記』（昭和12年1月15日、協和書院）

2 安藤盛『南洋記』（昭和11年8月18日、昭森社）

3 安藤盛『未開地』（昭和12年7月20日、岡倉書房）

4 丸山義二『南洋紀行』（昭和15年7月16日、興亜日本社）

5 木村荘十『南海の青雲』（昭和15年7月27日、博文館）

6 中河与一『熱帯圏』（昭和15年12月10日、第一書房）

7 丸山義二『帆船天祐丸』（昭和16年2月20日、萬里閣）

8 石川達三『使徒行伝』（昭和16年3月31日、新潮社）

9 野口正章『今日の南洋』（昭和16年4月28日、坂上書院）

10 野口正章『パラオ島夜話』（昭和16年12月28日、建設社出版部）

11 山田克郎『装帆』(昭和17年8月10日、泰光堂)

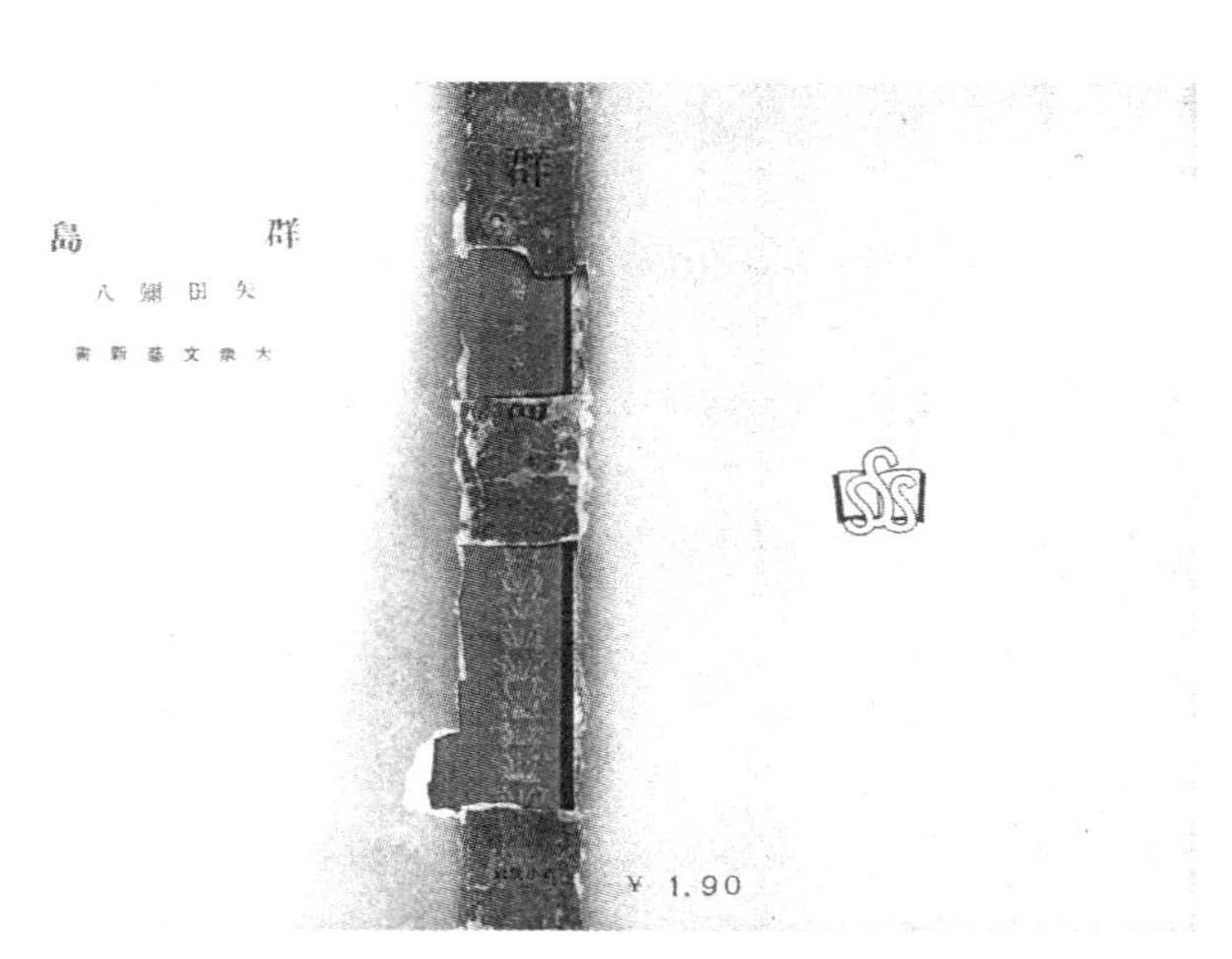

12 矢田弥八『群島』(昭和17年9月20日、新小説社)

13 八木隆一郎『赤道』（昭和17年12月8日、天佑書房）

14 宮武正道・北村信昭『お月さまに昇った話』（昭和18年2月11日、国華堂日童社）※装丁は赤松俊子

15 山田克郎『炎の島』（昭和18年3月18日、協栄出版社）

16 倉橋弥一『孤島の日本大工』（昭和18年8月20日、文松堂書店）

初出一覧（いずれも改訂を施している）

序　章　＊書き下ろし

第一章「同志社国文学」第六十八号、二〇〇八年三月（＊原題「中島敦にとっての〈南洋行〉――昭和初期〈南洋〉という「場」――」）

第二章「日本文学」第五十九巻第十二号、二〇一〇年十二月（＊原題「中島敦〈南洋行〉と大久保康雄「妙齢」」）

第三章「文化学年報」第六十輯、二〇一一年三月（＊原題「大久保康雄と〈南洋行〉――中島敦との接点に注目して――」）

第四章「文学・語学」第二百十号、二〇一四年八月（＊原題「中島敦〈南洋もの〉考――〈南洋〉表象と「作家」イメージ――」）

第五章「同志社国文学」第七十七号、二〇一二年十二月（＊原題「中島敦《環礁》論――視座としての「真昼」――」）

第六章　＊書き下ろし

ただし、二〇一〇年度日本近代文学会関西支部秋季大会（二〇一〇年十一月、奈良教育大学）における口頭発表「中島敦『夾竹桃の家の女』論――ピエル・ロティ『ロティの結婚』との交錯――」に基づく。

第七章　＊書き下ろし

ただし、二〇一五年度日本近代文学会関西支部春季大会（二〇一五年六月、武庫川女子大学）における口頭発表「中島敦《南島譚》考――〈病〉と〈南洋〉――」に基づく。

終　章　＊書き下ろし

あとがき

中島敦と出会ったのは高校二年の二学期のことだった。「山月記」との出会いである。「山月記」は、中島の友人であった釘本久春の尽力によって、現在でも多くの現代文の教科書に掲載されている。

あの頃、教えてくれたのは黒板に綺麗な文字を記す国語科の先生だった。私の書く文字は、この先生の影響を大きく受けている。当時は意識していなかったが、おそらく彼女の授業もまた現在の私の一部を作ってくれているのだろう。退職されたため、なかなか会うことも叶わないが、せめてここに謝意を表したいと思う。

「山月記」の力を実感するのは、国文学系以外の学部出身の友人と話すときである。「虎になる話だよ」と言うと、本当に多くの人が、「ああ、あの」と返してくれる。これはすごいことだ。

中島タカ（中島敦夫人）の「思い出すことなど」に、次のような文章がある。

　何時だったたか、日頃作品のことなど口に出したことのない主人が、珍しく台所に来て、「人間が虎になった小説を書いたよ」と言ったことがあります。私はその時はただ、人間が虎になるなんて何て恐ろしいことをと思いましたが、後になって「山月記」を読む度に、本当にあの虎こそ主人の思いがこめられていると感じ、あの虎の叫びが主人の叫びに聞こえてなりません。

「人間が虎になった小説を書いたよ」と、「日頃作品のことなど口に出したことのない」中島が夫人に話したことを考えると、「山月記」は中島の自信作だったのだろう。

もし中島が、多くの人のなかで、「人間が虎になった小説」＝「山月記」となった現状を見たら、なんと言うだろうか。それを問うことは最早叶わないが、せめて「中島敦」の魅力の一端を紐解いてみたいと思ったのが、国文学専攻に進学しようと決めたきっかけだった。

さらには、タカ夫人の感じた「主人の叫び」とはどのような「叫び」だったのだろう。そんなことも考えた。従って、私の文学研究の基本は「作家」研究である。「中島敦」がどのように生き、どのような作品をどのように創り出したのか。高校生の私が知りたかったことを、現在も探索している。

「山月記」との出会いが、私の人生を大きく変えた。

高校現代文の教科書に掲載されたほんの十数頁の作品が、十年以上経っても私の基礎を為している。出会ったあの頃は、「中島敦」を冠した自分の書籍を出版するとは思いもしなかった。拙い内容ではあるが、それでも、「中島敦」研究のひとつとして自身の書籍を呈示出来たことを幸せに思う。

それから、現在も勤める同志社女子高校で非常勤講師として働きはじめ、「山月記」を教える機会を得ることになった。そのときの不思議な感覚を今もまだ覚えている。「山月記」が如何に楽しい作品だと生徒に伝えるか、そのことを主眼に置き、板書計画を作るのは、なかなか楽しい経験であった。初めて「山月記」に触れた高校生の私、あのときのときめきをまた感じることが出来た。生き生きとした表情で授業を聞いてくれる数名の生徒の姿を見て、「山月記」の力を再認識した。それは、また、大学で勤め始めてからも実感出来た。

「山月記」には、――「中島敦」には、力がある。そう信じている。

昨今、文系の研究界を取り巻く状況は易しいとは言いがたい。しかし、『文豪ストレイドックス』や「明治東京恋伽」など、少なからず、〈文豪ブーム〉が起こっているように思う。実際、教育現場でも、「森鷗外」や「中島敦」「太宰治」などの名を耳にするようにもなった。とっかかりがなんであれ、こうしたところから、実際の作品に触れる学生が増え、日本文学研究が盛り上がっていくことを切に願う。

さて、本書は二〇一五年度に同志社大学へ課程博士論文として提出した「中島敦と〈南洋〉――同時代〈南洋〉表象とテクスト生成過程から――」を元に、加筆修正を行ったものである。博士論文審査では、田中励儀先生、西川貴子先生、植木朝子先生にご指摘ご助言、厳しい意見なども頂いた。自分一人では全く気付かなかった欠点や、矛盾などに気付かされ、大変ありがたい時間となった。感謝申し上げたい。なかでも、同志社大学に入学し、三回生でゼミに所属してからは、長年、私の指導教官としてご面倒をおかけした田中先生には心よりお礼申し上げる。

実は、私は、大学院の修士課程を修了したあと、ジュンク堂書店に就職している。研究がしたいと思ったのは、この就職がきっかけであった。「失って初めて気付く」、そんな使い古された言葉を実感することとなった。そこで心を許せる友人たちを得たこともあり、回り道をしたことに後悔はない。それに、この経験もまた、現在の私の一部であろう。ただ、博士課程への入学をお許しくださった同志社大学の先生方、そして、両親には何度御礼しても足りないくらいの感謝を覚えている。

同時代の〈南洋〉資料に関しては、アジア太平洋資料室及び同館長、故山口洋兒氏に大変お世話になった。お会いしたとき、山口氏に大阪で探して欲しいと託された、ある雑誌を発見出来なかったのは痛恨の極みである。現存しているかは不明だが、課題の一つとして心の片隅に置いている。

また、インターネット上に「矢内原忠雄文庫」の画像データを公開された琉球大学、および、『DVD-ROM

版　中島敦文庫直筆資料　画像データベース』を発行された神奈川近代文学館にも謝意を表したい。

出版にあたっては、翰林書房の今井肇さん、今井静江さんに大変お世話になった。特に、今井静江さんには、引っ越したばかりの新しい事務所にお邪魔して、雑談を含め、いろいろと親身になって相談に乗っていただいた。校正作業自体不慣れな私に丁寧にお教えいただいたことに、深く感謝している。

最後に。

長い時間を掛けて、ようやく博士号を取得するまで、根気強く支えてくれた両親に、深甚なる感謝の気持ちを記しておきたい。

二〇一六年秋

杉岡歩美

は

ま

や

た

な

索引

あ

か

さ

【著者略歴】
杉岡歩美（すぎおか　あゆみ）
大阪府生まれ。
同志社大学大学院博士課程修了（二〇一五年）。
博士（国文学）。
現在、同志社大学・花園大学など非常勤講師。

中島敦と〈南洋〉
——同時代〈南洋〉表象とテクスト生成過程から——

発行日	2016年11月 1 日　初版第一刷
著　者	杉岡歩美
発行人	今井　肇
発行所	翰林書房
	〒151-0071 東京都渋谷区本町1-4-16
	電 話　(03) 6276-0633
	FAX　(03) 6276-0634
	http://www.kanrin.co.jp/
	Eメール●Kanrin@nifty.com
装　釘	島津デザイン事務所
印刷・製本	メデューム

落丁・乱丁本はお取替えいたします
Printed in Japan. © Ayumi Sugioka. 2016.
ISBN978-4-87737-406-8